Markus Tönnishoff

Die Seehunde haben heute Ruhetag

Neue garstige Satiren

www.tredition.de

Verlag & Druck: tredition GmbH, Halenreie 40-44,
22359 Hamburg

ISBN
Paperback: 978-3-347-06388-4
Hardcover: 978-3-347-06389-1
e-Book: 978-3-347-06390-7

Toilettenpapier kommt jetzt per Fax

Meine Freundin Nini und ich stehen dem Fortschritt uneingeschränkt aufgeschlossen gegenüber. Wir interessieren uns für jeden technischen Mumpitz und schließen selbigen auch schnell ins Herz. Da nimmt es nicht Wunder, dass in uns der Wunsch heranwuchs, unser Zuhause mit intelligent vernetzten Geräten auszustatten – ja, wir wollten ein Smart Home haben. Deshalb suchten wir einen entsprechenden Einrichtungshändler auf... und wir wurden auch nicht enttäuscht.

Ein ordinärer Duschkopf – das war das erste, auf das Ninis Blick fiel. „Er sieht nicht besonders intelligent aus", stellte die schönste Frau diesseits des Universums fest. Mit dieser Äußerung rief sie jedoch gleich Jakob Wanzendreher, seines Zeichens Smart Home-Fachverkäufer, auf den Plan. „Dieser Duschkopf ist eine Revolution", pries Wanzendreher das Produkt an. „Er merkt, wenn Sie unter der Dusche pupsen und übermittelt dieses Ereignis sofort telefonisch an den Toilettenpapierhalter. Dieser lässt sich dann schon mal vorsorglich Klopapier faxen", erklärte der kompetente Verkäufer. „Zwei- oder dreilagig?"

„Mindestens! Und auf Wunsch sogar bedruckt mit Texten von Herbert Grönemeyer oder den Vorschlägen für die Lottozahlen der nächsten drei Wochen."

Wir zeigten uns tief beeindruckt von so viel technischer Intelligenz, Nini jedoch war noch nicht ganz überzeugt. „Und was ist, wenn ich nicht unter der Dusche pupse?", wollte sie wissen. „Nun, dann können Sie mit dem Duschkopf den Toilettenpapierhalter anrufen und ihm sagen, dass Sie gerade kein Klopapier brauchen", erwiderte Wanzendreher. Doch nun war auch in mir eine weitere Frage herangereift: „Kann ich mit dem Duschkopf denn auch ins Fest- und Mobilfunknetz telefonieren?"

„Nein, das geht zurzeit noch nicht. Aber Sie können mit den Toilettenpapierhalter ein Fax an den Duschkopf schicken", so Wanzendreher. Dann entdeckte Nini einen Badezimmerspiegelschrank. „Was kann der?", wollte sie sofort wissen. Wanzendreher war stolz, die technischen Vorzüge dieses Wunderwerks erläutern zu dürfen. „Dieser Spiegel wird Ihr Leben bereichern. Er erkennt, wenn Sie deprimiert aussehen und vereinbart dann sofort per E-Mail einen Termin beim Psychologen. Wenn Sie hingegen glücklich aussehen, informiert er die Steuerfahndung."

„Kann man mit dem Spiegel auch den Duschkopf anrufen?", begehrte Nini zu wissen.

„Ja, aber nur an ungeraden Tagen in einem Monat, in dem der Buchstabe „R" vorkommt.

„Kann der Spiegel auch Faxe verschicken?", schaltete ich mich jetzt ein.

„Nur, wenn Sie ihn unter die Dusche stellen", erklärte Wanzendreher.

Nun lenkten wir unsere Schritte in den Ausstellungsraum für Wohn- und Esszimmereinrichtungen. Nini steuerte eine Leselampe an. „Was ist das Besondere daran?", richtete sie eine Frage an Wanzendreher, der selbstredend nicht um eine Antwort verlegen war: „Die Lampe erkennt, ob Sie etwas Anspruchsvolles lesen oder nicht. Wenn nicht, bestellt sie sofort etwas Anspruchsvolles aus dem Internet – zum Beispiel die Biografie von Pu der Bär oder die neueste Ausgabe des Playboy." Bei dem Wort „Playboy" wurde ich schlagartig wieder wach. Ich zeigte auf einen Sessel. „Was macht der denn so?", wollte ich wissen. „Nun, das ist ein Meisterstück der deutschen Sesselbau-Industrie", erläuterte Wanzendreher und begann, vor dem Möbelstück auf die Knie zu sinken, bevor er fortfuhr. „Wenn Sie sich hineinsetzen, und Sie sind zu schwer, informiert der Sessel sofort die nächste Ortsgruppe der Weight Watchers. Wenn Sie hingegen zu leicht sind, wird ein naheliegendes Beerdigungsinstitut kontaktiert. Der Bestatter steht dann in der Regel in 15 Minuten vor der Haustür." Ein Schaudern bemächtigte sich unser, doch dann entdeckte Nini einen Esstisch auf Rollen, was ja bekanntlich eher ungewöhnlich ist. Wanzendreher erklärte diesen Umstand sofort. „Der Tisch misst die Kalorien in Ihrem Essen. Wenn Sie zu viel essen, fährt er einfach weg."

Uns war fast schon schwindelig wegen der außergewöhnlichen Innovationskraft, mit der wir konfrontiert wurden. Jetzt musste allerdings noch die Küchenabteilung in Augenschein genommen werden. Enttäuschung nahm von uns Besitz, als wir eines Toasters ansichtig wurden, der dort sein Dasein fristete – doch Wanzendreher konnte sofort die

Vorzüge des Gerätes aufzählen. „Dieser Toaster stellt einen Meilenstein in der technischen Entwicklung dar", hob er an, „Sie stecken das Brot rein, und der Drucker im Wohnzimmer druckt es kurze Zeit später aus – wahlweise belegt mit Marmelade oder Eiersalat."

„Kann der Toaster das Brot auch an den Toilettenpapierhalter faxen, sodass man es im Badezimmer essen kann?", wollte ich wissen. „Selbstverständlich, Sie müssen nur vorher noch eine E-Mail an den Duschkopf schicken. Der faxt Ihnen dann im Gegenzug das Klopapier in den Toaster."

„Mit Eiersalat oder ohne?", fragte Nini.

„Gegen Aufpreis sogar mit Honig von biologisch angebauten Bienen", triumphierte Wanzendreher.

Es war Nini vorbehalten, nun noch einmal eine Zusammenfassung der in Augenschein genommenen Gerätschaften zum Besten zu geben: „Also gut, man kann eine E-Mail an den Eiersalat schicken, der sich dann per Fax mit dem Honig in Verbindung setzt und später die Leselampe über Pu den Bären informiert, sodass der Toaster Klopapier an den Esstisch faxt, der dann wiederum einen Psychologen informiert, wenn man Probleme mit seinem Duschkopf hat und deshalb dauernd pupsen muss, sodass die Ortsgruppe der Weight Watchers sich zusammen mit den Beamten der Steuerfahndung in den Sessel setzt, der dann wiederum den Spiegelschrank anruft, um ihn mitzuteilen, dass die Bienen sich im Toaster verlaufen haben. Ist es so?"

„Genau richtig", so Wanzendreher.

„Klasse. Wir kaufen das alles. Bitte faxen Sie uns die Sachen zu. Und informieren Sie uns, wenn Pu der Bär den Eiersalat an die Bienen verschickt und den Toaster an den Toilettenpapierhalter angeschlossen hat."

Tapfer und unerschrocken

In Berlin ist man in Sachen Einfühlungsvermögen in fremde Kulturen einen triumphalen Schritt nach vorne gegangen: Im Bezirksamt Friedrichshain-Kreuzberg wurde im November 2017 eine Ausstellung eröffnet, in der es um das glorreiche Handeln von Rauschgifthändlern mit Migrationshintergrund ging. Das Tun dieser Menschen abzulehnen, bedeute, dass man in „postkoloniale Reaktionsmuster" verfalle. Die Dealer würden „unerschrocken und tapfer ihre Arbeit im öffentlichen Raum" verrichten, aber ihnen werde „jede Form von Menschlichkeit" abgesprochen, so Scott Holmquist, der Macher dieser denkwürdigen Schau, der obendrein noch auf die Idee kam, dass den Rauschgifthändlern mit Migrationshintergrund ein Denkmal gebaut werden soll. Keine Frage, diese geistigen Darmwinde mussten unbedingt diskutiert werden.

Ich finde, der Ausstellungsmacher ist zu kurz gesprungen", sagte mein alter Freund Robert, der seit Jahren in meiner Nachbarschaft einen Kiosk betreibt, den ich des Öfteren aufsuche. „Wie meinst Du das?", begehrte ich zu wissen. „Nun, ich vertrete die Ansicht, man könnte auch Steuerhinterziehern eine Ausstellung widmen", führte Robert die Ergebnisse seiner Großhirnrinde Gassi. Ich fand den Gedanken bemerkenswert, hatte aber doch meine Zweifel. „Aber die führen ja ihre Arbeit nicht im öffentlichen Raum aus", warf ich ein. „Dafür handeln sie aber unerschrocken und tapfer", belehrte mich Robert, der gleich noch einmal nachlegte:

„Steuerhinterzieher setzen sich mutig über gesellschaftliche Konventionen hinweg, und trotzdem wird ihnen jede Form von Menschlichkeit abgesprochen." Ich gewährte diesem Gedankengang kurz in meinem Kopf Asyl, bevor ich meinen Sprechapparat in Gang setzen wollte, was ich dann jedoch bleiben ließ.

Nachdem wir diesen Punkt zur beidseitigen Zufriedenheit abgehandelt hatten, machte Robert emsig ein neues Fass auf. „Wie wäre es mit einem Denkmal und einer Ausstellung für Diebe?"

„Ach, Du meinst für den Finanzminister?"

„Mit Dir kann man wirklich nicht ernsthaft diskutieren", echauffierte er sich und fügte hinzu: „Das ginge doch gar nicht. Der verfügt ja nicht mal über einen Migrationshintergrund, jedoch muss man anerkennen, dass er seine Arbeit tapfer und unerschrocken im öffentlichen Raum absolviert." Das leuchtete mir selbstredend sofort ein – wie oberflächlich man doch manchmal sein kann. Gleichwohl spornte mich Roberts Rüffel zu neuen intellektuellen Höhenflügen an. „Apropos Migrationshintergrund", hob ich an, „wie wäre es denn, wenn man ein Denkmal für Hitler aufstellen würde?"

„Bitte?"

„Na, Hitler."

„Warum?"

„Nun, der hatte doch auch einen Migrationshintergrund, schließlich war er Österreicher", erläuterte ich. „Ja", warf Robert ein, „aber nur zuerst. Später wurde dann ja Österreich in Deutschland eingegliedert, und dann war Hitler natürlich seines Migrationshintergrundes verlustig. Obendrein hatte er ja auch keinen richtigen Migrationshintergrund, sondern nur ein bisschen."

„Wie meinst Du das?"

„Denk' doch mal nach, er war ja nicht schwarz oder Araber", erklärte Robert. „Das finde ich jetzt aber diskriminierend", rief ich aus. „Ist jetzt der Migrationshintergrund eines Weißen nicht so wertvoll wie der eines anderen?"

„Doch, aber…"

„Und außerdem", spielte ich jetzt meinen größten Trumpf aus, „hat Hitler ja wohl seine Arbeit tapfer und unerschrocken im öffentlichen Raum verrichtet!"

„Aber er war eben nicht schwarz", insistierte Robert. „Dafür hatte aber sein Schäferhund einen eher dunklen Teint", warf ich ein. Robert wälzte den Gedanken in seinem Kopf herum, kurze Zeit später wartete er mit einem neuen Vorschlag auf: „Wie wäre es mit einer Ausstellung über die Tiere von Diktatoren und Straftätern? Soviel ich weiß, hatte Mao mal einen Papagei."

„Wunderbar. Papageien kommen ja meist aus Südamerika, sie haben also einen lupenreinen Migrationshintergrund", freute ich mich. Robert verfiel abermals ins Grübeln und gestattete mir dann einen Blick auf die Ergebnisse dieses Vorgangs. „Meinst Du, dass man mir eine Ausstellung widmet, wenn ich bei Rot über die Straße gehe?"

„Nein."

„Und wenn ich dabei Steuern hinterziehe?"

„Nein."

„Und was ist, wenn ich bei Rot über die Straße gehe, dabei Steuern hinterziehe und einen Weltkrieg anfange?"

„Für solche Lappalien bekommst Du nicht mal eine Kurzmeldung in einer Tageszeitung", erklärte ich ihm. In seiner Verzweiflung lief Robert nun zur Bestform auf. „Und was ist, wenn ich bei Rot über die Straße gehe und dabei einen Papagei auf der Schulter trage, der Steuern hinterzieht, einen Weltkrieg anfängt und mit Rauschgift handelt?" Bei diesem Szenario war ich mir unsicher, sodass ich mein Handy zückte und die Berliner Initiatoren der Dealer-Ausstellung anrief. Und siehe da, ich konnte frohe Kunde überbringen: „Der Papagei würde ein diamantenbesetztes Denkmal aus Gold bekommen."

„Wer bekommt die 52?"

Man muss sich auch mal etwas gönnen – einen schönen Abend in einem Restaurant zum Beispiel. Und genau das haben meine Freundin Nini und ich kürzlich gemacht, zusammen mit Gabi und Lothar, einem Pärchen, das wir schon seit Ewigkeiten kennen. Das Problem: In der Speisekarte hatten, wie heutzutage üblich, die Gerichte eine Nummer, die man bei der Bestellung nennt. Und die sollte man sich tunlichst merken, sonst können sich ungeahnte Folgen einstellen.

Einen schönen Tisch hatten wir ergattert, die Bestellungen waren aufgegeben – und schon nach kurzer Zeit eilte ein Kellner zu unserem Tisch, um uns unsere Gerichte zu kredenzen. „Wer bekommt die 13?", fragte er in die Runde... und erntete erst mal ein kollektives Schweigen. „Hattest Du nicht die 13, Schatz?", richtete Lothar das Wort an seine Frau. „Nein, ich hatte irgendwas mit 20."
„Wer kriegt die 35?", ließ sich nun ein zweiter Kellner, der an unserem Tisch aufgetaucht war, vernehmen. „Ich glaube, ich hatte die 37, aber ohne Paprika", informierte Nini, die hübscheste Frau diesseits des Universums, die beiden Kellner. „Aber genau weiß ich es auch nicht mehr", fügte sie noch hinzu. „Wo ist eigentlich mein Bier?", schaltete ich mich jetzt ein. „Die Getränke kommen gleich, jetzt haben wir erst mal eine 13 und eine 35", erklärte Kellner Nummer eins. „Was ist denn eigentlich die

13?", so Lothar. „Wenn es ein Schnitzel ist, könnte es meins sein."

„Ich weiß nicht, was es ist."

„Sie müssen doch wissen, was da auf dem Teller ist."

„Weiß ich ja, die 13."

„Geben Sie her, ich ess' das jetzt, ich hab' Hunger", sprach Lothar und bekam die 13 auf den Tisch gestellt – hierbei handelte es sich übrigens um eine Kinderportion Pommes Frites.

„Und wer bekommt jetzt die 35?", war von Kellner Nummer zwei leicht genervt zu hören. „Also ich hatte die 17 oder die 39, vielleicht aber auch die 63. Auf jeden Fall war es etwas ohne Paprika", stellte Nini im Brustton der Überzeugung fest. „Und ich hatte wahrscheinlich die 19, die 17,5 oder die 168", sagte ich in Richtung Kellner, lehnte mich zurück und beobachtete Lothar, der fröhlich ein Pommes nach dem anderen in sich reinmümmelte und sich um die Nummerndiskussion nicht weiter kümmern musste. „Hatten Sie nicht vielleicht doch die 64 ohne Vanillepudding oder aber die Wurzel aus 19 mit Peperoni?", fragte mich der Kellner und rief damit bei mir eine gewisse Unsicherheit hervor. „Es könnte sein", hob ich an, „dass ich einen Vanillepudding bestellt hatte, aber ohne Peperoni."

„Wer bekommt die 17?", war nun von einem weiteren Kellner zu hören.

„Die 17 ist doch für Dich", merkte ich mit einem Blick in Richtung Nini an.

„Das kann ich mir nicht vorstellen."

„Aber das hast Du doch gerade eben gesagt."

„Was?"

„Na, dass Du die 17 hast. Du kannst Dir eben einfach keine Zahlen merken, es ist furchtbar", schimpfte ich.

„Ach ja? Wer hat denn vor zwei Wochen bei Amazon 34 Jeans in der Größe zwei bestellt statt zwei Jeans in der Größe 34? Das warst doch Du!", fauchte Nini.

„Wer bekommt die 34?", konnte ich gerade noch aus dem Hintergrund vernehmen, doch zunächst nahm die Diskussion mit Nini meine vollste Aufmerksamkeit in Anspruch. „So? Und wer hat neulich bei Karstadt 124 Duschmatten mit einem Polyesteranteil von vier Prozent gekauft statt vier Staubsaugerbeutel mit der Bezeichnung Saugfit 124, sodass wir nun Duschmatten in unseren Staubsauger einbauen und die Staubsaugerbeutel in die Dusche legen müssen? Das warst ja wohl Du!", triumphierte ich.

„Aha, aha, aha, und wer hat letzte Woche drei 1er-BMW bestellt statt einen Dreier- BMW? Na, wer, wer, wer?"

„Lothar kann sich auch keine Zahlen merken", bereicherte Gabi nun das Gespräch. „Letztens hat er sieben Kreuzfahrten über ein Weltmeer gebucht statt eine Kreuzfahrt über die sieben Weltmeere. Und dann hatte er ja beim Einwohnermeldeamt damals als Geburtsdatum unserer Tochter Hanna das Jahr 1947 angegeben, sodass Hanna jetzt schon Rente bezieht, obwohl sie doch erst 20 ist."

„Und Du hast doch als Lena geboren wurde bei der Bank einen Sparplan eingerichtet, und wir wollten 30 Euro pro Monat einzahlen. Du hast aber 3000 Euro pro Monat in das Formular eingetragen", konterte Lothar. „Gut, dass Hanna jetzt schon Rente kriegt, sonst könnten wir uns das gar nicht leisten."

„Wer bekommt die 62?", war aus dem Mund eines Kellners plötzlich zu vernehmen.

„Nun geben Sie schon her, ich bin am Verhungern", brüllte ich. „Was ist denn die 62?"

„Staubsaugerbeutel ohne Paprika mit einem Duschmattenauflauf."

„Sie haben einen an der Waffel"

Deutschland galt mal als Land der Dichter und Denker. Doch im Januar 2019 hat die Stadtverwaltung der niedersächsischen Landeshauptstadt Hannover angekündigt, zukünftig im Dialog mit ihren Bürgern nur noch die geschlechtergerechte Sprache zu verwenden. Lehrer zum Beispiel gibt es gemäß dieser Sprache nicht mehr, sie heißen jetzt Lehrende. Auch die Wähler wurden in den Orkus der Sprachwelt verwiesen, stattdessen firmieren sie nunmehr als Wählende. Wir sind jetzt also das Land der Dichtenden und Denkenden. Das ist zwar falsches Deutsch, aber politisch korrekt. Die Begriffe Herr und Frau sollen sich übrigens auch verflüchtigen, stattdessen wird sich das Gendersternchen öfter zeigen. Treibende Kraft hinter diesem Projekt war die Referentin für universelle Gleichstellung, Sprachwissenschaftlerin Dr. Gesine Eisenkot, mit der ich mich in meiner Eigenschaft als Journalist über dieses Vorhaben auf erfrischende Art und Weise unterhalten habe.

Frau Dr. Eisenkot, finden Sie nicht..." Schon meine erste Frage, die ich eigentlich noch gar nicht als ausgereift empfunden habe, rief bei Frau Dr. Eisenkot heftigen Protest hervor. „Herr Tönnishoff, oder welchen Namen Sie auch immer gerade missbrauchen, bitte nehmen Sie zur Kenntnis, dass die dritte Silbe meines Nachnamens eindeutig männlich konnotiert ist. Kot. Die universell geschlechtergerechte Ansprache muss also korrekt ‚Frau Dr. Eisenkotin' heißen", belehrte mich Frau

Dr. Eisenkotin. Ich traute mich kaum, das Gespräch fortzusetzen, aber dann hatte ich einen vermeintlich genialen Gedanken, den ich der Sprachwissenschaftlerin verschüchtert mitteilte. „Müsste an dieser Stelle nicht das Gendersternchen zum Einsatz kommen?" Dr. Eisenkotin lächelte nachsichtig ob meiner Dummheit und sprach: „Wörter mit der Endsilbe ‚chen' oder ‚ling' stellen eine unzulässige Verniedlichung dar. Wir haben nicht das Recht, andere Lebewesen und Dinge auf diese Art und Weise klein zu machen. Es muss also nicht Sternchen heißen, sondern Sternende oder Gesternte."

„Das ist ja hoch interessant", platzte es aus mir heraus. „Wie nennen wir denn dann in Zukunft Frischlinge?"

„Ganz einfach. Die Gefrischten."

„Und Säuglinge?"

„Die Gesäugten. Oder aber die Säugenden. Wie Sie wollen."

„Und die Pfifferlinge werden dann wohl zu den Gepfifferten."

„Genau richtig", bestätigte mir Frau Dr. Eisenkotin.

Da unsere Diskussion ein wenig abgeschweift war, wollte ich die geniale Sprachwissenschaftlerin nun wieder in Richtung geschlechtergerechte Sprache manövrieren. „Frau Dr. Eisenkotin…" Wieder fiel mir die Sprachkompetenzbombe ins Wort. „Warum sprechen Sie mich mit Frau an? Das ist eine Unverschämtheit sondersgleichen. Sie wissen doch nicht, ob ich mich vielleicht als Mann oder als Trans-

oder Intersexuelle definiere. Vielleicht ja sogar als Teddybär. Sprechen Sie mich einfach als Doktorende Eisenkotin an."

„Gut. Sehr gerne, Doktorende Eisenkotin. Die Sozialdemokraten in Hannover haben ja nun die geschlechtergerechte Sprache eingeführt, finden Sie nicht, dass..."

„Es gibt keine Sozialdemokraten mehr. Sie heißen jetzt Sozialdemokratisierende!", belehrte mich die Doktorende. „Das haben auch der Bundespräsidentierende und andere Politisierende festgestellt. Sie als Journalierender müssten das eigentlich wissen", tadelte sie mich.

„Und was sagt die Bundeskanzlerin dazu?"

„Sie meinen die Bundeskanzlernde?"

„Ja, in etwa so... oder so ähnlich", seufzte ich. „Hat die Kanzlernde nicht kürzlich bei dem Jahrestreffen der Ornithologen..."

„Herr Tönnishoff", blaffte mich die Sprachwissenschaftende an, „es heißt Ornitierende."

„Nicht Ornithologisierende?"

„Nein, sondern.. äh...Toligidierende... äh.. -sierende... äh... Taubendesierende... Amselnde... äh aber irgendwie auch Spechtende."

„Können wir uns vielleicht auf Vögelnde einigen?", schlug ich vor.

„Ja, Vögelndisierende, genau das wollte ich sagen", so die Doktorende.

„Die Vögelndisierenden hatten ja bei ihrem Treffen auf Helgoland mit den Inselbewohnern..."

„Ach, Sie meinen die Geinselten oder aber die Inselnden."

Mir schwirrte der Kopf – oder muss es heißen Kopfender oder Kopf*in? Ich wusste es nicht mehr. Nur langsam gelang es mir, meine Gedanken*innen in geordnete Bahnen zu lenken. Ich griff zu meinem Füllfederhalter, pardon, zu meinem zu füllenden Haltenden, um mir ein paar Notizen zu machen. Sodann wollte ich das Gespräch zu Ende bringen – doch eine Bitte hatte ich noch. „Doktorende Eisenkotin, könnten Sie vielleicht folgenden Satz in geschlechtergerechte Sprache übersetzen: Frau Müller hat Drillinge in Mannheim zur Welt gebracht und würde jetzt gerne einen Hummer mit Nudeln essen."

Eisenkotin konnte diesen Satz selbstredend mühelos übersetzen: „Eine Müllernde hat in Menschen*innenheim Gedrillte auf die Welt gebracht und würde jetzt gerne Hummernde mit Nudelnden essen."

„Sie haben doch wirklich einen an der Waffel", entfuhr es mir.

„Falsch", verbesserte mich die Doktorende. „Ich bin eine Waffelnde!"

Es ist verboten, Verbote zu verbieten

Deutschland ist wahnsinnig verliebt, und zwar in eine immer mehr um sich greifende Verbotskultur. Besonders hervorgetan hat sich in dieser Hinsicht die sogenannte Deutsche Umwelthilfe. Nachdem sie fortwährend Dieselfahrverbote wegen Feinstaubbelastung durchgesetzt hatte, forderten die Herrschaften auch noch ein Verbot von Silvesterfeuerwerk. Und der Solarenergie-Förderverein aus Aachen will, dass die „Verharmlosung der Klimakatastrophe" zur Straftat erklärt wird. Wieder andere Verbotsfanatiker sprachen sich für ein Verbot der Fischerei und des Fleischverzehrs aus, um das Klima zu retten. In mir brach sich Gesprächsbedarf Bahn.

Immer wenn ich bezüglich besonders differenzierter Themen nicht mehr weiter weiß, gehe ich zu meinem alten Freund Robert, der ganz in der Nähe meiner Behausung einen Zeitschriftenkiosk betreibt, um mich mit ihm auszutauschen. Er weiß dann zwar in der Regel auch nicht mehr weiter, aber es ist beruhigender, wenn man zu zweit sprachlos ist. „Weißt Du eigentlich", hob Robert an, „dass man den Grenzwert für Feinstaub in der Wohnung schon überschreitet, wenn man auf einem Adventskranz drei Kerzen anzündet?" Diese Erkenntnis war bisher nicht in meinem Hirn verankert. Trotzdem wurde selbiges sofort aktiv und präsentierte einen Lösungsvorschlag. „Bräuchten wir dann nicht ein Fahrverbot für Adventskränze?"

„Zumindest in geschlossenen Räumen", sinnierte Robert.

„Räuchermännchen müsste man eigentlich auch verbieten, überleg' mal, was da rauskommt."

„Man könnte sie ja mit Feinstaubfiltern ausstatten. Obendrein müsste es jedoch ebenfalls ein Fahrverbot für sie geben, erst recht, wenn sie auf Adventskränzen mitfahren."

Wir nippten an unserem Kaffee und richteten den Blick auf einen Tannenbaumverkaufsstand, der sich genau gegenüber Roberts Kiosk platziert hatte. Es war ja schließlich Weihnachtszeit. „Weihnachtsbäume müsste man auch verbieten", forderte ich. „Warum? Die produzieren doch gar keinen Feinstaub", entgegnete Robert.

„Aber sie verhindern ihn eben auch nicht. Und außerdem bringen viele Menschen zu Weihnachten Kerzen an ihnen an. Sie dienen also als Basis für feinstaubproduzierende Produkte", triumphierte ich. Robert zeigte sich überzeugt. Wir einigten uns darauf, dass der Verkauf von normalen Tannenbäumen verboten werden müsste, der Verkauf von glutenfreien und veganen Tannenbäumen jedoch erlaubt bleiben sollte.

Unsere Becher beherbergten mittlerweile Luft, Robert sorgte mittels seiner Kaffeekanne dafür, dass selbige sich verflüchtigte und entließ einen neuen Gedanken aus der Welt seiner grauen Zellen. „Erwerbsarbeit", sagte er. „Bei der Arbeit passieren viele Unfälle." Es dauerte ein paar Sekunden, bis seine Äußerungen nunmehr in meiner Gedankenwelt neue Assoziationen hervorriefen. „Dann muss man die Arbeit verbieten", rief ich aus. „Wenn keiner mehr arbeitet, gibt es auch keine Arbeitsunfälle mehr."

„Und wovon sollen die Menschen dann leben?"

„Sie bleiben einfach zu Hause."

„Das ist aber auch gefährlich", sprach Robert. „Denn die meisten Unfälle passieren ja bekanntlich im Haushalt."

„Kein Problem. Es muss eben ein Gesetz erlassen werden, demzufolge es verboten ist, sich zwischen 0 Uhr und Mitternacht in der Wohnung aufzuhalten."

„Findest Du das nicht ein bisschen zu brachial?" Ich dachte kurz nach und entschloss mich zu einer Novellierung meines Gesetzesvorschlags. „Gut, dann muss es eben ein Gesetz geben, welches regelt, dass die Menschen vor dem Betreten ihrer Wohnung einen Helm aufsetzen müssen. Helmpflicht in Wohnungen und Häusern. Das ist die Lösung", posaunte ich.

„Und was ist mit Betten?"

„Was soll damit sein – man schläft darin."

„Ja, aber viele Menschen sterben auch in Betten, frag' mal bei den Krankenhäusern nach."

„Verbieten", forderte ich.

„Betten oder Krankenhäuser?"

„Beides. Aus Sicherheitsgründen. Schließlich geht es um Menschenleben."

Es war klar, dass nun auch der Klimawandel in den Fokus unseres Interesses geriet. „Man muss nicht nur den Menschen den Fleischverzehr verbieten, sondern auch den Haustieren wie Hunden und Katzen", ereiferte sich Robert. „Du springst zu kurz", rief ich, „man sollte Hunde und Katzen gleich ganz verbieten. Die Leute können sich ja stattdessen Goldfische kaufen, die sind schließlich Veganer, und sie stoßen ihr Kohlendioxid unter Wasser aus, da merkt es keiner."

„Ja, und sie zünden auch keine Adventskränze an."

„Aber aus Sicherheitsgründen sollten sie trotzdem einen Helm tragen. Wenigstens nachts, falls mal jemand ins Aquarium fällt."

Robert zündete sich eine Zigarette an, ich blies sie ihm aber sofort aus – Klimaschutz eben. Er ließ sich davon jedoch keinesfalls beirren, sondern erneut seine Stimme erklingen. „Aus Gründen der Gerechtigkeit müsste man auch den Löwen und Krokodilen in der freien Wildbahn den Fleischverzehr verbieten."

„Richtig. Und es müsste eine Klimapolizei geben, die das überwacht. Überleg' mal, wie viele Arbeitsplätze dadurch entstehen würden", jubelte ich.

Frecherweise erlaubte sich Robert, Wasser in den Wein zu gießen: „Das ist unverantwortlich, die Polizisten hätten ein enormes Arbeitsunfall-Risiko, sie könnten doch gefressen werden." Das leuchtete mir selbstredend sofort ein. „Gut", sagte ich, „dann müssen die Löwen und Krokodile eben gesetzlich dazu verpflichtet werden, sich ganztäglich in geschlossenen Räumen aufzuhalten. Meinetwegen können sie dort auch gelegentlich Adventskränze anzünden oder sie auffressen, aber nur, wenn sie einen Helm tragen. Nur noch vegan lebende Raubtiere dürfen in freier Wildbahn leben – das gilt auch für fleischfressende Pflanzen. Es geht schließlich um den Klimaschutz und damit um die Rettung der Welt", hörte ich mich selbst rufen.

Meine durchaus wohlüberlegten Vorschläge schienen bei Robert einen tiefen Eindruck zu machen, von ihm war nichts mehr zu hören. Dann aber auf einmal doch. „Erinnerst Du Dich noch an den Sponti-Spruch aus unserer Jugend? Es ist verboten, etwas zu verbieten, hieß es damals."

„Na und?", entgegnete ich. „Heute würden die gleichen Leute etwas anderes sagen. Nämlich: Es ist verboten, Verbote zu verbieten."

Ein Hoch auf den Smalltalk

Der Smalltalk bereitet vielen Menschen Schwierigkeiten. Oft wisse man nicht, worüber man sprechen soll, wenn das Thema „Wetter" abgehakt ist. Zudem sei er in der Regel oberflächlich und inhaltslos, heißt es. Diese Vorbehalte teile ich selbstverständlich nicht, im Gegenteil. Während des Smalltalks können die Teilnehmer zu tiefschürfenden Erkenntnissen gelangen und ein geradezu unfassbares rhetorisches Niveau erklimmen. Als Beispiel hierfür mag ein Gespräch dienen, dessen Zeuge ich in einem Restaurant wurde. Natürlich weise ich den Vorwurf des Lauschens empört zurück, ich habe eben einfach nur hingehört als zwei Ehepaare mittleren Alters die ganze Welt des erfolgreichen Smalltalks mit atemberaubender Präzision präsentierten.

Meine Schwiegermutter hatte mal einen Hund, der hieße Lumpi, der konnte so lustige Sachen machen", teilte die eine Dame stolz mit. „Wir hatten mal einen Hamster", steuerte die andere einen wichtigen Beitrag bei. „Hamster sind ja eher kleine Tiere", ließ sich der Ehemann der ersten Dame vernehmen. „Kinder sind auch sehr klein, zumindest am Anfang", war von dem Mann der zweiten zu vernehmen. Dann nahm das Gespräch seinen Lauf.

„Aber Kinder machen auch sehr viel Krach."

„Motorsägen können auch sehr laut sein."

„Wir hatten früher auch viele Werkzeuge."

„Ein Schraubenzieher kann ja auch sehr nützlich sein."

„Nützlich sind auch batteriebetriebene Nasenhaarschneider."

„Meine Nase gefällt mir heute sehr gut, früher mochte ich sie eigentlich gar nicht."

„Nasen sind im Großen und Ganzen schon sehr wichtig."

„Ein funktionierender Stuhlgang ist auch nicht zu verachten."

„Ich bin früher gerne auf die Toilette gegangen, heutzutage macht es mir aber nicht mehr so viel Freude."

„Toilettenreiniger sind ja oft im Sonderangebot zu bekommen."

„Genauso wie Nudeln."

„Aber mit Nudeln kann man keine Toiletten reinigen."

„Toiletten werden auch oft überbewertet."

„Der Euro ist auch viel zu hoch bewertet."

„Das liegt an der Europäischen Zentralbank."

„Ich habe bis vor Kurzem in einer Bank gearbeitet, die lag auch sehr zentral, in der Nähe einer Kirche, ich glaube, es war sogar ein Dom."

„Wir hatten ja früher mal einen Dompfaff."

„Der Dom in Hildesheim soll sehr schön sein."

„Meine erste Frau hieß auch Hilde."

„Ich bin zwar auch verheiratet, aber ein Hund wäre mir lieber."

„Meine Schwiegermutter hatte mal einen Hund, der hieß Lumpi, der konnte so lustige Sachen machen."

Das ist Kommunikation in höchster Vollendung!

Der Service steht im Mittelpunkt

Sprache formt unser Denken. Was ich nicht aussprechen kann, kann ich nicht denken. Die Grenzen meiner Sprache sind die Grenzen meiner Welt, hat schon der Philosoph Ludwig Wittgenstein festgestellt. Recht hat er. Deshalb werden in modernen Gesellschaften gerne beschönigende Begriffe ersonnen. Beitragsservice zum Beispiel. Dieser bucht einfach Geld vom Konto eines jeden Bürgers für die öffentlich-rechtlichen Sender ab. Wer sich dagegen wehrt, kann auch schon mal im Gefängnis landen. Das soll Service sein? Aber es gibt noch andere schöne Wörter. Und ich habe auch rausgefunden, wie sie entstanden sind.

Im Gemeinschaftsraum einer Irrenanstalt irgendwo in Deutschland hatten sich die völlig zurecht dort beheimateten Insassen Gustav Grunzschwalbe und Berthold Bärenfuß an einen Tisch gesetzt. „Und warum bist Du hier?", fragte Grunzschwalbe. „Ich habe versucht, in ein Gefängnis einzubrechen und dort ein Fahrrad zu stehlen", so Bärenfuß. „Und Du, warum haben sie Dich hergebracht?"

„Ich habe in der Sahara einen Ruderbootsverleih eröffnet."

Bärenfuß ließ seinen Kopf in ein bedächtiges Nicken verfallen. Doch bevor die beiden ins Trübsalblasen verfielen, gelang es ihm, einen verbalen Lichtblick zu produzieren. „Im Grunde genommen, ist das doch hier gar keine Irrenanstalt, sondern ein Freiheitsentzugs-Service." Grunzschwalbe glaubte, seinen Ohren nicht mehr trauen zu können, aber seinem Kollegen gelang es mühelos, seiner These noch eine argumentative Untermauerung angedeihen zu lassen. „Natürlich, überleg' mal, Du hast ein Dach über dem Kopf, brauchst Dir keine Gedanken darüber machen, was Du zu Mittag essen sollst oder ob Du abends ins Kino oder lieber ins Theater gehen willst. Wenn das kein Service ist." Grunzschwalbe zeigte sich noch nicht ganz von den Ausführungen überzeugt, am Nebentisch jedoch war nun ein Mitinsasse namens Bruno Bierhase auf das Gespräch der beiden aufmerksam geworden. „Jungs, da ist etwas dran. So gesehen ist ein Mord doch eigentlich ein nachhaltiger Lebensbeendigungsservice."

Die Worte von Bierhase brachten in den Köpfen von Bärenfuß und Grunzschwalbe die Hirnströme auf Trab. „Wenn man es so betrachtet, dann ist ein Diebstahl ja eigentlich nur ein Wohlfühlservice, denn schon in der Bibel steht ja geschrieben, das Geben seliger denn Nehmen ist", merkte Bärenfuß an. „Und was ist dann ein Autodiebstahl?", wollte Grunzschwalbe wissen. „Na, ist doch klar", mischte sich Bierhase erneut in die Debatte ein.

„Ein Entschleunigungs-Service."

„Und ein Fahrraddiebstahl?"

„Ein Bewegungsentzugs-Service."

„Und eine Zwangsversteigerung?"

„Keine Frage, hierbei würde es sich um einen lupenreinen Enteignungs-Service handeln", erklärte Bierhase.

Auch Grunzschwalbe hatte das Prinzip nunmehr verinnerlicht und wartete mit einer weiteren Definition auf. „Ein Hackerangriff stellt somit ja nur einen Datenentsorgungs-Service dar", stellte er fest. „Genau", sekundierte Bärenfuß und fuhr fort: „Und eine Handydieb betreibt ja eigentlich einen Kommunikations-Entsagungsservice."

„Dämliche Fernsehsendungen könnten somit als ein Verblödungsservice angesehen werden", so Grunzschwalbe. „Ja, genau. Und Wahlversprechen sind ein Denkverhinderungsservice", stellte Bierhase fest. Alle drei klatschten in die Hände und freuten sich über die Leistungsfähigkeit ihrer Großhirnrinden.

In einem Nebenraum wurde der Anstaltsleiter Manfred Mückenheber rein zufällig Zeuge des lebhaften Gedankenaustausches. Schnell kam er zu dem Schluss, dass diese drei Insassen völlig zu Unrecht in seiner Anstalt aufbewahrt wurden, denn in seinen Augen hatten sie gerade gezeigt, dass sie nicht verrückt, sondern absolut normal waren. Geradezu hypernormal. Deshalb beschloss er, die drei zu entlassen und ihnen bei der Arbeitsplatzsuche behilflich zu sein, damit sie auch einen Job finden, in dem sie mit ihren außergewöhnlichen Qualifikationen brillieren können.

Es dauerte keine fünf Minuten, bis Mückenheber fündig wurde: Seit dem arbeiten die drei ehemali-

gen Irrenanstaltsinsassen bei der EU-Kommission –
und zwar in der „Abteilung für verbalen Verwir-
rungsservice".

Einfach mal kriminell werden

Im rot-grün-rot regierten Bremen lässt es sich gut leben, dann dort ist man einfach liberal. Radfahrer zum Beispiel können in der kleinen sympathischen Großstadt fahren, wie sie wollen: Gegen die Fahrtrichtung, ohne Licht, ohne Bremsen und zur Not auch ohne Lenker. Wer bei Rot über eine Ampel fährt, muss nicht befürchten, von einem Bremer Gericht belästigt zu werden. Auch für andere Gesetzesbrecher entwickeln die hanseatischen Richter oft nur mäßiges Interesse. Wenn man sich jedoch gesetzestreu verhält, kann man durchaus Überraschungen erleben.

Eines Tages hatte ich wieder mal meinen Zweitakter mit Wadenantrieb, im Volksmund auch Fahrrad genannt, in Gang gesetzt. Auf einem eigens für Fahrräder angelegten Weg, im Volksmund auch Radweg genannt, bewegte ich mich zielstrebig fort – bis zwei Polizisten meinem Handeln Einhalt geboten. „Wissen Sie, warum wir Sie angehalten haben?", war aus dem Mund des einen Ordnungshüters zu hören. Da ich die Frage nicht beantworten konnte, belehrte mich Ordnungshüter Nummer zwei über mein Fehlverhalten. „Sie sind auf der richtigen Seite gefahren, was haben Sie sich dabei gedacht?" Bevor ich eine Antwort aus dem Gehege meiner Zähne entlassen konnte, meldete sich erneut Ordnungshüter Nummer eins zu Wort. „Es muss Ihnen doch klar sein, dass sie ein erbärmliches Vorbild für Minderjährige darstellen", bellte er. Zudem sei mein Verhalten dazu angetan, Autofahrer und andere Verkehrsteilnehmer unnötig zu verwirren.

Die beiden Polizisten begannen nun, mein Rad einer vorschriftsgemäßen Kontrolle zu unterziehen. Zunächst wurde meine Klingel moniert. „Die funktioniert ja. Wissen Sie eigentlich, dass wir Ihnen wegen potenzieller Lärmbelästigung ein Bußgeld verpassen können?", merkte Ordnungshüter Nummer eins an, während sein Kollege seine Aufmerksamkeit den Bremsen meines Rades zukommen ließ. „Ich bin erschüttert und entsetzt", war von ihm zu vernehmen, „Ihre Bremsen sind voll funktionsfähig und sehr gut. Schämen Sie sich eigentlich gar nicht? Wissen Sie nicht, wie viel Unfälle schon passiert sind, weil jemand zu spät gebremst hat? Es ist viel besser, wenn man keine Bremsen hat, dann kann man sie auch nicht zu spät benutzen", informierte mich der gute Mann und überreichte mir einen Strafzettel.

Zerknirscht ob meiner Oberflächlichkeit bezüglich der Ausstattung meines Fahrrads zog in von dannen. An der nächsten roten Ampel hielt ich gewohnheitsmäßig an, was mir einen weiteren Strafzettel der aufmerksamen Ordnungshüter zusammen mit der Feststellung „Sie sind wirklich eine Gefahr für den Straßenverkehr" einbrachte.

Nur wenige Tage später wurde ich erneut mit dem typischen und sympathischen Bremer Rechtsempfinden konfrontiert. Gerade hatte ich mein Haus verlassen, als auch schon wie aus dem Boden gewachsen erneut ein Polizist vor mir stand. „Sind Sie hier nicht eingebrochen?", richtete er das Wort an mich. Ich verneinte die Frage und tat kund, dass es nicht zu meinen Gewohnheiten gehöre, irgendwo einzubrechen – schon gar nicht bei mir selbst. Durch diese Äußerung erlangte ich die vollste Aufmerksamkeit des Ordnungshüters: Er kontrollierte vorsichtshalber meinen Bibliotheksausweis, mein Gewicht, die Haarfarbe, meine Schuhgröße sowie die Länge meiner Fingernägel. Hierbei stellte sich heraus, dass mein Bibliotheksausweis seit zwei Tagen abgelaufen war. Überdies musste ich ein lückenloses Alibi der letzten 150 Jahre erbringen sowie meine Geburtsurkunde, um zu klären, ob ich überhaupt existiere.

Nur ein paar Meter weiter hatten derweil mehrere dunkle Gestalten, die ihr Antlitz mit einer Sturmhaube verhüllt hatten, damit begonnen, die Scheiben einiger im Erdgeschoss gelegenen Wohnungen einzuwerfen. Wieselflink transportieren sie Fernsehgeräte, Laptops, Computer, eine Stereoanlage, rund 400 CDs sowie ein Aquarium, in dem ein eingeschüchterter Goldfisch sein Dasein fristete, in diverse Lkw, die sie zuvor am Straßenrand abgestellt hatten. Einer der Täter bat den Polizisten zudem, doch bitte bei der Suche nach Schmuck und Bargeld behilflich zu sein. „Aber gerne", rief der Ordnungshüter aus. Mich entließ er mit den Worten: „An denen sollten Sie sich mal ein Beispiel nehmen. Tüchtig, schnell und umsichtig. Sie hingegen werden es nie zu etwas bringen."

Die Worte des Ordnungshüters berührten mich tief und riefen in mir den Wunsch hervor, von nun an ein besseres Leben zu führen. Am nächsten Tag verschaffte ich mir ohne zu bezahlen Zutritt zu einem Schwimmbad und hielt zwei Minuten lang die Zehen meines linken Fußes ins Nichtschwimmerbecken – und das, obwohl ich durchaus schwimmen kann. Nachdem ich mir auf diese Art und Weise illegal Erfrischungs- und Schwimmdienstleistungen erschlichen hatte, fühlte ich mich schon fast wie ein echter Outlaw. Auf dem Nachhauseweg landete ich einen weiteren Coup: In einem unbeobachteten Moment schrieb ich in immerhin einen Zentimeter großen Buchstaben „Merkel ist doof" auf den unteren Bereich einer Hauswand. Nun konnte ich kaum noch an mich halten, deshalb beschloss ich, jetzt noch einen draufzusetzen: Ich stahl in einem Supermarkt eine Klobürste, die in der Innentasche meiner Jacke ein Domizil fand. Der Ladendetektiv, der mich bei meinem Tun beobachtete, nickte wohlwollend und klatschte sogar Beifall. An der Kasse angekommen, machte er mich darauf aufmerksam, dass die Klobürste, die aus meiner Innentasche hervorlugte, einen hübschen Kontrast zu meiner Augenfarbe bilde. Zudem hatte ich mehrere Brühwürfel mitgehen lassen, mit denen ich draußen ahnungslose Passanten bewarf, wobei ich „Allahu akbar" rief.

Obwohl ich durch mein Handeln im Supermarkt gezeigt hatte, dass ich mich nun ansatzweise auf den Pfad der Tugend zubewegte, war ich in das Visier von Polizei und Politik geraten. Des Abends suchte mich der örtliche Kontaktpolizist auf, der auch gleich noch den ebenfalls örtlichen SPD-Abgeordneten Robert Rotfuß mitgebracht hatte. „Ihr gesetzestreues Verhalten macht uns Sorgen", eröffnete der Polizist das Gespräch. „Hinterziehen Sie denn nicht wenigstens Steuern?", wollte Rotfuß wissen.

„Nein, im Moment nicht", ließ ich wissen.

„Und was ist mit Schwarzgeld – haben Sie welches?"

„Nein."

„Wie wäre es denn, wenn Sie gelegentlich mal beim Auto Ihres Nachbars den Rückspiegel abbrechen würden?"

„Das ist mir zu anstrengend", informierte ich den SPD-Politiker, der im Folgenden darauf hinwies, dass es in Bremen extra eine Beratungsstelle gebe, bei der Bürger erfahren könnten, welche Straftaten zurzeit unterrepräsentiert seien und somit dringend gebraucht würden. „Vielleicht wäre unser Kriminal-Infopoint etwas für Sie. Dort werden Sie darüber in Kenntnis gesetzt, welche gesetzeskonformen Straftaten zu Ihnen passen. Ein absolut kostenloser Service Ihrer kompetenten Landesregierung", warb Rotfuß und schob auch gleich noch ein paar Vorschläge nach: „Bauen Sie doch mal eine Atombombe oder sprengen Sie sich irgendwo in die Luft. Selbstmordanschläge sind sehr beliebt."

„Wäre es vielleicht hilfreich, wenn ich mich mit einer Atombombe in die Luft sprenge?", wollte ich wissen. Das sei sicherlich ein hoffnungsvoller Ansatz, so Rotfuß.

„Sie sollten wirklich mal intensiv über Ihr schändliches Verhalten nachdenken", riet mir zudem noch der Polizist. Das tat ich dann auch – ich ging in die Küche, besorgte mir ein langes Messer und erstach kurzerhand den Politiker.

„Na, also, es geht doch. Jetzt sind Sie auf dem Weg zu einem nützlichen Glied der Gesellschaft ", freute sich der örtliche Kontaktpolizist.

Nichts klappt mehr

Deutschland befindet sich im Abstiegsmodus. Im November 2018 kam Bundeskanzlerin Angela Merkel zu spät zu einem G 20-Gipfel in Argentinien, weil ihr Flugzeug den Dienst quittierte. Im Februar des Folgejahres konnte Außenminister Heiko Maas nicht von Afrika nach Deutschland zurückfliegen, weil seine Maschine ebenfalls die weiße Fahne schwenkte. Anderen deutschen Politikern ging es ähnlich. Flughäfen bauen klappt auch nicht mehr, siehe Berlin. Mit Bahnhöfen und Autobahnbrücken tun wir uns auch schwer. Und das albanische Mobilfunknetz ist mittlerweile besser als das deutsche – vom mobilen Internet ganz zu schweigen. Wir verabschieden uns von der Zukunft. Nichts klappt mehr – das hat Folgen.

Pressekonferenzen mit Regierungsvertretern sind oft nicht erwähnenswert, denn außer überflüssigen Kommunikationsübungen und der Präsentation geistiger Unauffälligkeiten seitens der Politiker oder ihren sprachlosen Sprechern passiert in der Regel nicht viel. Heute jedoch war es anders – der deutsche Regierungssprecher Alois Breitsprecher hatte völlig unerwartet etwas mitzuteilen: „Meine Damen und Herren", ließ er sich vernehmen, „ich muss Ihnen leider mitteilen, dass wir uns im Krieg mit China befinden."

„Was?", „Warum?", „Wie konnte das passieren?", war aus der Menge der aufgebrachten Journalisten zu hören. Einer, ein ganz besonders kritischer, verstieg sich überdies zu der Frage „Heißt das, dass wir in deutschen Chinarestaurants jetzt keine Pekingente mit acht Kostbarkeiten mehr bekommen?" Breitsprecher vollzog beschwichtigende Handbewegungen und bat um Ruhe. „Bitte lassen Sie mich erklären, wie es zu dieser Situation gekommen ist. Also, es trug sich zu wie folgt." Der chinesische Präsident Ping-Pong Pu sei im Rahmen eines Staatsbesuchs im Gästehaus der Bundesregierung einquartiert worden. Doch dabei habe es einige Komplikationen gegeben. So habe zum Beispiel die Toilette nicht so funktioniert, wie man das gewohnt sei. „Der Wasseranschluss ist aus Versehen an den Toaster angeschlossen worden", erklärte Breitsprecher. Das habe dazu geführt, dass der Präsident in der Kloschüssel Brot toasten konnte, jedoch im Gegenzug für seine Stuhlgangpflege sowie kleinere Geschäfte in flüssiger Form den Toaster in Anspruch nehmen musste. „Das hat für einen gewissen Unmut auf Seiten des chinesischen Präsidenten gesorgt."

Dieser Unmut habe sich sogar noch als steigerungsfähig erwiesen, denn Toilettenpapier sei nicht lieferbar gewesen. Stattdessen habe die Hausverwaltung Schmiergelpapier zu Verfügung gestellt. „Nach der Benutzung war der Po von Ping-Pong Pu sehr rot, aber wir hatten leider keine finanziellen Mittel, um Farbe zu kaufen, damit sein Po wieder umlackiert werden konnte", so Breitsprecher. Auch mit dem Wasserhahn des Waschbeckens habe es geringfügige Komplikationen gegeben. „Der Hahn war mit dem Kühlschrank verbunden, sodass beim Aufdrehen des Wassers nur Eiswürfel herauskamen", erläuterte Breitsprecher. Im Anschluss an diese kleine Unregelmäßigkeit sei dann gleich das nächste Malheur passiert: „Herr Ping-Pong Pu wollte zu Hause anrufen, doch dabei ist irgendwas schiefgegangen. Er hat lediglich und immer wieder die Sesamstraße erreicht und musste sich mit Ernie und Bert unterhalten – und zwar auf Plattdeutsch", erläuterte Breitsprecher. Ebenfalls Probleme habe es mit der Heizung gegeben. Als Ping-Pong Pu sie angestellt habe, sei die Temperatur schlagartig auf unter null Grad gefallen. Der Grund: Die Haustechniker hatten die Heizungsanlage aus Versehen mit der Klimaanlage gekoppelt. Auf den Fußböden der Räume habe sich sodann Eis gebildet. Ping-Pong Pu habe dann Streusalz zum Einsatz gebracht, sei jedoch von Mitarbeitern der Regierung sofort dafür gerügt worden, weil Streusalz unökologisch sei. Die Mitarbeiter hätten zudem festgestellt, dass der Präsident offensichtlich nicht ausreichend mit den Feinheiten der deutschen Mülltrennung vertraut war. „Er hatte ein Bonbonpapier verbotenerweise in den Hausmüll geworfen und musste dafür 10 000 Euro Strafe zahlen." Die Strafe wollte er mit seiner Kreditkarten bezahlen, doch das Kartenlesegerät sei gerade in Reparatur gewesen. Ein Ersatzgerät aus den 70er-Jahren habe zwar funktioniert, die Karte jedoch dann geschreddert.

„Trotzdem ist Ping-Pong Pu am nächsten Tag ins Kanzleramt gekommen", führte Breitsprecher weiter aus. Zwar sei die Limousine, die ihn bringen sollte, kaputt gewesen, aber es sei immerhin gelungen, dem chinesischen Präsidenten ein Kettcar zur Verfügung zu stellen. Bei diesem fehlten jedoch die Pedale, sodass er es schieben musste. Bei der gemeinsamen Unterzeichnung diverser Handelsverträge sei es dann zu einem weiteren Zwischenfall gekommen. „Die Kugelschreibermine hat nicht funktioniert, und eine zweite hatten wir im Kanzleramt nicht", so Breitsprecher. Techniker hätten zwar versucht, die Mine zu reparieren, doch dann sei sie erst recht kaputt gewesen. Die Mine sei dann zum Hersteller eingeschickt worden – mit der Bitte um eine schnelle Reparatur. Dieser habe erklärt, dass die Kugel im vorderen Teil der Mine ausgetauscht werden müsse, was schätzungsweise 30 bis 70 Jahre in Anspruch nehmen würde. Er könne jedoch eine andere Mine schicken, bei der die Kugel zwar in Ordnung sei, die aber keine Farbe mehr habe und somit auch nicht funktioniere. Es habe sich aber noch ein Füllfederhalter finden lassen – bei diesem sei aber die Patrone leer gewesen, eine Tintenlieferung sei erst im kommenden Jahrtausend in Aussicht gestellt worden. „Der Präsident war daraufhin außer sich vor Wut und hat der Bundesrepublik Deutschland den Krieg erklärt", schloss Breitsprecher seine Ausführungen ab und erntete absolute Stille. Ein besonders pfiffiger Journalist von der Zeitschrift „Tante Tinis Gartentipps" stellte nun die alles entscheidende Frage: „Und was unternimmt die Regierung jetzt?"

Breitsprechers Antwort rief Beruhigung und Zuversicht hervor. „Wir werden uns angemessen verteidigen – immerhin haben wir noch ein Pferdefuhrwerk aus dem 30-jährigen Krieg, es hat allerdings keinen TÜV. Um die chinesischen Streitkräfte auszuspionieren, wollen wir einen Satelliten ins All schießen. Die hierfür notwendigen Trägerraketen sind zwar kaputt, aber wir haben schon einen Weg gefunden, das trotzdem zu bewerkstelligen: nämlich mit einer Zwille."

Eine klare Sprache ist immer wichtig

Meine Freundin Nini und ich sind politisch sehr interessiert. Nach jeder Wahl schauen wir uns die Reaktionen der Politiker im Fernsehen an. Wahlverlierer sagen dann so schöne Sätze wie „Heute ist nicht der Tag für Personaldiskussionen" oder „Wir werden das Ergebnis in den Gremien ausführlich diskutieren". Sätze wie „Das ist ein klarer Wählerauftrag" sind den Gewinnern vorbehalten. Manche meinen, das seien Floskeln. Nini und ich jedoch können uns dieser Sprache gar nicht mehr entziehen, sodass sie Einzug in unseren Alltag gehalten hat.

Bundestagswahl. Nini und ich hatten wieder mal bis in die Nacht die Wahlsondersendungen im Fernsehen verfolgt. Als Belohnung dafür gönnten wir uns am nächsten Mittag einen Besuch im Restaurant. „Hallo, haben Sie schon gewählt?", fragte die Bedienung, nachdem wir uns einen Tisch ausgesucht hatten. „Wir danken den Wählerinnen und Wählern", antwortete Nini. Die Bedienung zeigte sich ein wenig irritiert und versuchte es erneut. „Was darf ich Ihnen denn bringen?" Nun schaltete ich mich ein: „Das sind Entscheidungen, die nicht heute getroffen werden, sondern über die zunächst sehr intensiv diskutiert werden muss."

Das Gesicht der Bedienung signalisierte nun eine gewisse Ratlosigkeit. Deshalb versuchte Nini, die Situation einfach und unkompliziert zu bereinigen.

„Was wir jetzt brauchen, ist ein nachhaltiger und vertrauensvoller Bestellvorgang, der auch langfristig Bestand hat und in seinen Details konkrete Anhaltspunkte für eine perspektivische Perspektive bildet", war von ihr zu vernehmen. Mit diesem Satz rief sie einen herunter hängenden Kiefer und große, fragende Augen bei der Bedienung hervor.„Ja, äh, äh, wie jetzt, äh, wollen Sie vielleicht, äh, gar nichts essen, sondern nur, äh, äh, etwas trinken?", stotterte sie.

Tja, nun stand diese Frage im Raum, und sie wartete auf eine Antwort... die Nini natürlich ohne Umstände formulierte. „Wir erwarten, dass der Gast da abgeholt wird, wo er ist."

„Ach, Sie wollen also doch was essen?"

„So kann man die Frage nicht stellen", erwiderte Nini, „wir brauchen Transparenz und Zuversicht, gerade in der Versorgung mit Nahrungsmitteln. Was dieses Thema angeht, kann ich Ihnen ohne Umschweife versichern, dass wir mit beiden Beinen fest auf unseren Füßen stehen."

„Darf ich Ihnen vielleicht unser Tagesangebot bringen? Es handelt sich hierbei um eine Ochsenschwanzsuppe."

„Die demokratietheoretische Relevanz der Ochsenschwanzsuppe ist heute nicht das Thema. Gleichwohl ist die Ochsenschwanzsuppe nah bei den Menschen und ein fester Bestandteil unseres Landes", erklärte ich. „Oh, ich höre gerade, dass gar keine Ochsenschwanzsuppe mehr da ist", informierte uns die Bedienung. „Das ist eine klare Niederlage, da gibt es nichts zu beschönigen", tat Nini daraufhin kund.

Aus einem für uns nicht nachvollziehbarem Grund zog sich die Bedienung zurück und ward vorerst nicht mehr gesehen. Stattdessen trat ein Herr an unseren Tisch, der sich als Besitzer des Restaurants vorstellte. „Ah, der Vorsitzende", sagte ich zu Nini. „Gibt es Probleme? Sind Sie mit unserem Speisenangebot vielleicht nicht zufrieden?", wollte der gute Mann von uns wissen. Nun war es zweifelsohne an mir, ein Statement zu formulieren. „Wir setzen auf eine enge Zusammenarbeit und sind der festen Überzeugung, dass unser Verhältnis von Zuverlässigkeit und beidseitigem Respekt geprägt sein wird."

„Darf ich Ihnen vielleicht erst mal eine Vorspeise anbieten? Wie wäre es mit Weinbergschnecken in Kräutersoße oder ein paar Austern?"

„Wer mich kennt, der weiß, dass ich immer für substanzielle Reformen eingetreten bin", trompetete Nini. „Gerade in der Schnecken- und Austernpolitik."

„Ach", so der Besitzer, „Sie wollen also lieber reformierte Weinbergschnecken, also Schnecken, die in Austernschalen leben und in ihrer Freizeit Kräutersoße verkaufen?"

„In Sachen Schnecken und Austern müssen wir schonungslose Aufklärung betreiben", erläuterte Nini. Insbesondere das Thema Kräutersoße müsse in einer entspannten Atmosphäre behandelt werden.

„Hier brauchen wir eine Kultur des Vertrauens", fügte sie noch hinzu.

Der Besitzer dieses schönen Restaurants musterte uns noch mal eindringlich, bevor seine Körperspannung die weiße Fahne zeigte, sodass er unter ergiebigem Weinen in sich zusammensackte, sich auf dem Boden zusammenrollte – und dann auf seinen Tränen, die zudem unsere Füße umspülten, davon schwamm. Nini und ich schauten uns betroffen an, doch wir hatten keine Zeit, kluge Äußerungen zu formulieren, denn auf einmal stand wieder die ursprüngliche Bedienung vor uns, sodass wir nun endlich etwas bestellen konnten. „Wir nehmen die Ochsenschwanzsuppe, aber ohne Ochsenschwanz, dafür mit einer Weinbergschnecke, die vorher in Kräutersoße gebadet hat", sprach ich. „Das werden wir in den Gremien jetzt sehr intensiv diskutieren", erwiderte die Bedienung und verschwand in der Küche.

„Kennen Sie eigentlich den?"

Es gibt Menschen, die immer einen flotten Spruch oder einen Witz auf den Lippen haben. Bewundernswert. Einer von ihnen ist mein alter Freund Lothar. Er ist Maler, „Flächen, keine Bilder", wie er immer gerne betont. Eines Tages bekam er einen ganz besonderen Auftrag… und der änderte sein Leben von Grund auf.

Berlin. Kanzleramt. In ihrem Arbeitszimmer saß Bundeskanzlerin Angela Merkel und schrieb an einer Regierungserklärung zum Thema „Geschwindigkeitsbegrenzung in Krötentunneln". Geschäftige Stille beherrschte den Raum… bis plötzlich die Tür aufgestoßen wurde und ein Farbeimer hereinkugelte, gefolgt von einem weiteren und einem Mann mit einem Schnurrbart sowie einer Leiter auf der Schulter. „Moin, Lothar Rauch ist mein Name, ich soll hier malen und neu tapezieren."

Merkels Mundwinkel hatten eine hurtige Abwärtsbewegung eingeschlagen und gingen fast schon eine Verbindung mit ihren Füßen ein. „Muss das jetzt sein, ich beschäftige mich hier mit einer äußerst sensiblen Krötenproblematik, und außerdem muss ich regieren", moserte die Kanzlerin. „Kein Problem, regieren Sie ruhig. Ich kann übrigens auch die Kröten tapezieren, wenn Sie das wollen. Kennen Sie eigentlich schon den? Was passiert, wenn man Cola und Bier gleichzeitig trinkt? Na, man colabiert, hahahaha…"

Merkels Mundwinkel begannen, sich durch den Boden zu bohren. „Hör'n Sie mal, ich muss jetzt hier wirklich…"

„Oder den? Was macht eine Bombe im Bordell? Puff!"

Merkel beschloss, sich von Lothar nicht mehr aus der Ruhe bringen zu lassen und wendete sich wieder ihrer Tastatur zu, während Lothar sich seiner eigentlichen Aufgabe widmete. Geduldig tauchte er seinen Pinsel in den Farbtopf und ließ der Wand ein neues Aussehen angedeihen. Dummerweise war er nicht so ganz bei der Sache, sodass auch ein an der Wand hängendes Original-Gemälde von Picasso unter seiner weißen Farbe verschwand. Merkel merkte das natürlich sofort, und sie wäre liebend gerne in die Luft gegangen, das jedoch war nicht möglich, weil ihre Mundwinkel bereits im Keller angekommen waren und sich dort felsenfest verankert hatten. „Was sind Sie eigentlich für ein Idiot, hören Sie sofort auf damit", brüllte die Regierungschefin stattdessen. „Apropos Idiot, kennen Sie den? Wie druckt ein Idiot ein Dokument von seinem Computer aus? Na, er legt den Bildschirm auf den Kopierer, hahaha…."

Merkel nahm das verhunzte Picasso-Gemälde von der Wand und betrachtete es voller Trauer – doch bevor Tränen in die Augen der Kanzlerin treten konnten, hatte Lothar ihr das Bild aus der Hand genommen und damit begonnen, es mit einer Tapete zu tapezieren, auf der zahlreiche rosa Elefanten zu sehen waren. „Kennen Sie eigentlich den? Treffen sich ein Elefant und ein Kamel, sagt der Elefant: Warum hast Du denn Deine Titten auf den Rücken? Sagt das Kamel: Wenn ich meinen Pimmel im Gesicht hätte, würde ich die Schnauze halten, hahahaha…"

„Ich verbitte mir derartige Begriffe, das hier ist schließlich das Bundeskanzleramt und keine Kneipe", schrie Merkel.

„Apropos Kneipe – kennen Sie den? Ein Amerikaner und ein Italiener sitzen in einer Kneipe. Sagt der Ami: Gib mir einen Hammer, und ich baue Dir einen Flugzeugträger. Darauf sagt der Italiener: Gib mir Deine Tochter, und ich mache Dir die Besatzung dazu, hahahaha…"

Merkel war außer sich. „Ich muss jetzt regieren", zeterte sie. „Stören Sie mich nicht!!!"

„Sie wollen regieren? Das ist ja mal was völlig neues."

„Ich regiere jetzt!"

„Ja, dann regieren Sie doch."

„Ich kann nicht regieren, wenn Sie hier malen."

„Wenn Sie wollen, kann ich auch Ihre Regierung anmalen und neu tapezieren", so Lothar.

„Ahhhhhhh, neeeeeeeeeeeein", röchelte Merkel noch, bevor sie aus ihrem Arbeitszimmer rannte.

„Halt, so warten Sie doch, kennen Sie eigentlich denn…" Nun stand Lothar ein wenig ratlos mitten im Raum, bevor er wieder seine Arbeit aufnahm und die Fenster strich. Als er fertig war, fragte er sich, ob er die Rahmen auch streichen sollte, doch dann erregte Merkels Computer seine Aufmerksamkeit. Er setzte sich an die Tastatur und begann, eine Regierungserklärung mit dem Titel „Die Bundestapezierverordnung – Sublimierung oder Kompensation des Komplexes?" zu schreiben. Als er fertig war, ging er in den nahegelegenen Bundestag und trug seine Regierungserklärung vor, wobei er jedoch nicht vergaß, vorher das Rednerpult neu zu streichen. Die Abgeordneten konnten ihrer Begeisterung kaum Herr werden und wählten Lothar mit absoluter Mehrheit zum neuen Bundeskanzler. Seine erste Rede als neuer Regierungschef begann mit den Worten „Kennen Sie eigentlich den...?"

Katzen hören gerne zu

In Berlin ist man jederzeit in der Lage, schwerwiegendste Probleme lösen zu können. Im dortigen Tierheim zum Beispiel können Kinder den Katzen etwas vorlesen – zum Nutzen beider. Das wirke auf die Tiere beruhigend, da viele traumatisiert seien, teilte das Tierheim laut einer Berliner Zeitung im Oktober 2019 mit. Zudem könnten die Tiere Vertrauen aufbauen, während die Kinder sich ohne Druck auf das Lesen konzentrieren, selbiges verbessern und sich dabei entspannen. Das Projekt schlug ein wie eine Bombe und wurde dann selbstredend ausgeweitet – mit durchaus bemerkenswerten Folgen.

Im Berliner Tierheim ging es zu wie in einem Taubenschlag. Hunderte Kinder bevölkerten die Räume, die Tierheimmitarbeiter konnten gar nicht so viele Katzen herbeischaffen, damit die Kinder ihnen etwas vorlesen konnten. Einige Stubentiger hatten zudem schon protestiert, sie wollten nicht mehr zum 300. Mal irgendwelche Geschichten von Bibi Potter oder Harry Blocksberg hören. Und auch für die Kinder gab es keinen Platz mehr, sodass einige sogar in Zwingern untergebracht werden mussten. Die Katzen brachten ihnen freundlicherweise etwas zu essen.

Tierheim-Chefin Katharina Krampfhenne wollte diese Zustände nicht länger dulden. „Wir müssen unser Konzept erweitern", sprach sie und stellte auch gleich einen Vorschlag zur Diskussion: „Wie wäre es, wenn die Kinder zur Abwechslung mal einem Krokodil etwas vorlesen würden? Krokodile liegen ja einfach ruhig da, somit würden die Kleinen auch nicht vom Lesen abgelenkt." Ihre Kollegin Dagmar Dampfschläger konnte dem Vorschlag durchaus positive Seiten abgewinnen. „Ja, das ist eine gute Idee. Und wenn die Kleinen zu schnell oder fehlerhaft lesen und sich das Tier deshalb gestört fühlt, dann werden sie eben gefressen. So lernt das Kind, dass es etwas falsch gemacht hat", führte sie aus. „Sehr richtig", freute sich Krampfhenne. „Die Frage ist nur, wo wir ein Krokodil herbekommen."

„Wir könnten doch den Zoo fragen, ob er uns eins für pädagogische Zwecke leiht. Und obendrein vielleicht auch noch ein paar Löwen und Tiger, dann könnten die Kinder auch mal größeren Katzen etwas vorlesen." Krampfhenne notierte sich mit wachsender Begeisterung die Vorschläge ihrer Kollegin. In diesem Augenblick betrat die Praktikantin Josefine Schellentreter den Besprechungsraum. „Es sind schon wieder 22 Kinder angekommen. Wo sollen wir mit denen hin?"

„Sieh mal schnell zu, dass Du die Sache mit dem Krokodil regeln kannst," flüsterte Krampfhenne ihrer Kollegin zu, die sofort tat wie ihr geheißen. „Hast Du vielleicht eine Idee, wie wir die lieben Kleinen beschäftigen können?", fragte sie dann in Richtung Praktikantin. Selbige druckste zunächst ein wenig herum, bevor sie eine grandiose Idee aus dem Gehege ihrer grauen Zellen entließ. „Wie wäre es mit einem Projekt ‚Sport mit Hunden'? Hierbei könnten auch unsportliche Kinder ohne Druck ihre sportlichen Qualitäten testen."

„Toll. Klasse. Sensationell. Wie stellst Du Dir das genau vor?"

„Na ja, wir haben doch noch diese Kampfhunde. Mit denen könnten doch die lieben Kleinen Laufsport machen – und wenn sie zu langsam sind, dann…"

„Das ist ja wahnsinnig toll", rief Krampfhenne aus. „Kampfhunde können ja richtig fest zubeißen, sie könnten sich dann in ein Bein des Kindes verbeißen und es zum Ziel ziehen. Da hat auch das Tier etwas von, besonders, wenn es traumatisiert ist."

Mittlerweile war Dampfschläger von ihrer Mission zurückgekommen – eine Mission, die man durchaus als Erfolg erachten konnte, war es ihr doch gelungen, ein stattliches etwa vier Meter langes Krokodil zu organisieren. Selbiges wurde zunächst in einem Zwinger untergebracht, in dem auch schon einige Kinder darauf warteten, Katzen etwas vorlesen zu dürfen. Aber nach kurzer Zeit waren gar keine Kinder mehr da.

Dampfschläger hatte jedoch nicht nur ein Krokodil mitgebracht, sondern auch eine neue Idee zur Kinderbeschäftigung. „Mathematik mit Delfinen", schlug sie vor. Die Meeressäuger würden ja als sehr intelligent gelten. „Das würde prima klappen", war sie sich sicher. „Aber Delfine wohnen ja im Wasser. Wie soll das denn gehen", zeigte sich Krampfhenne skeptisch.

„Kein Problem, wir stecken die Kinder in einen Taucheranzug, dann können sie unter Wasser mit den Delfinen rechnen."

„Aber wenn sie die Aufgaben falsch lösen, besteht die Gefahr, dass die Delfine traumatisiert werden und dann nur noch rückwärts schwimmen. Die armen Tiere!"

„Das stellt doch kein Problem dar. Wenn die Kinder falsch rechnen, stellen wir einfach die Sauerstoffversorgung ab. Dann können sie sich ausrechnen, wie lange sie noch zu leben haben, wenn sie nicht auftauchen. Das ist überaus lehrreich." Während Krampfhenne sich noch Gedanken über dieses eher ungewöhnliche Projekt machte, tauchte plötzlich Praktikantin Schellentreter wieder auf der Bildfläche auf. „Ich habe noch eine Idee: ‚Physik mit Elefanten'. Gerade in Sachen Schwerkraft sind diese Tiere bestens ausgebildet. Wenn ein Kind einer Katze etwas vorliest und sich dabei ein Elefant auf das Kind setzt, dann hat das Kind schlagartig ein enormes Wissen über Schwerkraft gewonnen, insbesondere, wenn sich die Katze dann auch noch auf den Elefanten setzt. Eine Erfahrung fürs Leben." Krampfhenne war grenzenlos stolz auf die Kreativität und den herausragenden Ideenreichtum ihrer Mitarbeiterinnen. Sie reichte sofort beim Berliner Bildungssenator einen Antrag mit der Forderung ein, Tiere zukünftig als pädagogische Fachkräfte anzuerkennen und ihnen den gesetzlichen Mindestlohn zu zahlen. Der Bildungssenator stand diesem Vorhaben durchaus positiv gegenüber, merkte jedoch an, dass das Land nicht genügend Geld habe, um den Mindestlohn zu zahlen. Zugleich wies er darauf hin, dass einige der Tiere ja immerhin freie Kost hätten und somit gar nicht so viel Geld bräuchten. Deshalb entschloss sich Krampfhenne, lediglich Krokodile sowie Löwen und Tiger einzusetzen und überprüfte den Vorrat an Kindern.

Umgang mit dem Schwert von Vorteil

Manche Stellenausschreibungen sind durchaus als unge-
wöhnlich zu bezeichnen. So suchte zum Beispiel Saudi-
Arabien im Jahr 2015 per Stellenanzeige auf einem Onli-
ne-Portal ganz bestimmte Fachkräfte, und zwar Henker.
Berufserfahrung sei nicht vonnöten, ein geübter Umgang
mit dem Schwert jedoch von Vorteil, hieß es. Da ich mich
damals gerade in einer beruflichen Umorientierungsphase
befand, weckte die Anzeige ausgeprägtes Interesse bei
mir. Ich druckte sie aus und ging zu meinem örtlichen
Arbeitsamt, weil ich einfach noch ein paar Fragen hatte
und die Hoffnung hegte, dass der dortige Sachbearbeiter
selbige beantworten könnte.

Konstantin Entenläufer war die Kompetenz in Sachen Berufswahl und Weiterbildung geradezu ins Gesicht gemeißelt. Legendär war sein Ruf, sich insbesondere in exotischen Tätigkeitsfeldern gut auszukennen, schließlich übte er in früheren Zeiten die Tätigkeit eines Testschläfers in einer in Deutschland weltweit bekannten Matratzenfabrik mit durchaus überdurchschnittlichem Erfolg aus. Auch als Züchter von veganen Fußpilzen mit Erdbeergeschmack konnte er sich einen Namen machen, bevor er seine erworbenen Kompetenzen in den Dienst des Bremer Arbeitsamtes stellte. „So, so," sinnierte Konstantin Entenläufer als ich ihm meinen Wunsch, Henker zu werden, mitteilte. „Haben Sie denn überhaupt Erfahrungen im Umgang mit einem Schwert?"

„Nun, ich habe immerhin einen Brieföffner in Form eines kleinen Schwertes."

„Und? Haben Sie damit mal jemanden geköpft?"

„Nicht direkt. Eher sogar weniger. Es ist ja auch nur ein sehr kleiner Brieföffner."

„Na ja, dann üben Sie doch erst mal und köpfen Sie damit ein Meerschweinchen", schlug Konstantin Entenläufer vor.

„Würde es nicht auch mit einer Tanzmaus gehen?"

„Nun, die rennen ja immer im Kreis herum, nicht wahr. Aber wenn Sie geschickt sind, geht das natürlich auch, um Erfahrungen zu sammeln. Beherrschen Sie eigentlich den Umgang mit einer Kreissäge?"

„Im Moment nicht", musste ich zugeben. „Aber ich habe früher sehr gerne Laubsägearbeiten gemacht."

„Na, das ist doch schon mal etwas. Wenn Sie das Köpfen mit einer Kreissäge durchführen könnten, bestände dann die Möglichkeit, mit einer Laubsäge aus dem Kopf etwas Hübsches herzustellen – zum Beispiel einen kleinen Tunnel für eine Modelleisenbahn im Maßstab 1 zu 72. Den könnten Sie dann verkaufen und sich ein Zubrot verdienen", erläuterte Konstantin Entenläufer. Ich muss zugeben, dass mich die Köpferei mit der Kreissäge ein wenig beunruhigte, weshalb ich einen anderen Gedanken in das Gespräch Eingang verschaffte. „Könnte man die Saudis denn nicht davon überzeugen, dass es viel schöner ist, die Todeskandidaten mit einem elektrischen Stuhl ins Paradies zu überführen?"

„Was? Bei den Strompreisen heutzutage? Sie sind ja verrückt. Das bekommen Sie niemals durch. Überdies sind elektrische Stühle wegen ihres hohen Stromverbrauches klimaschädlich"

„Und was ist mit Gift?"

„Nein, das wäre ja geradezu unmenschlich. Das können Sie auch vergessen."

„Wie wäre es denn mit Ertränken?"

„Saudi-Arabien ist ein Wüstenstaat, da gibt es kaum Wasser. Denken Sie doch mal nach!"

„Aber", hob ich an, „das Land hat doch jede Menge Öl. Man könnte die Delinquenten doch in Öl ertränken."

„Ach wirklich? Möchten Sie Benzin tanken, das aus Öl hergestellt wurde, in dem vorher ein Mensch ertränkt worden ist? Das verstopft Ihnen doch ruck, zuck die Ventile Ihres Motors. Überdies wäre das Öl ja gebraucht, so dass, man es nicht zum normalen Preis verkaufen könnte. Das würde der Wirtschaftskraft schaden." Das leuchtete mir ein. Offensichtlich kam man also um das normale Köpfen nicht herum. Da tauchte eine weitere Frage auf. „Was passiert denn, wenn ich aus Versehen einen Unschuldigen köpfe?" wollte ich wissen. „Habe ich da eine Haftpflichtversicherung oder etwas Ähnliches?"

„Da kann ich Sie beruhigen, es wird gar nichts passieren. Der unschuldig Geköpfte müsste ja eine Klage einreichen. Aber wie soll er das machen – ohne Kopf."

Ich musste neidlos anerkennen, dass Konstantin Entenläufer eine absolute Kapazität auf dem Gebiet des internationalen Arbeitsrechts war. Obendrein machte er mir noch klar, dass ich sogar in Saudi-Arabien eine Art Berufsunfähigkeitsversicherung haben würde. „Wenn Sie zum Beispiel aus irgendwelchen Gründen den Arm mit dem Schwert nicht mehr heben können, um eine Köpfung durchzuführen, dann haben Sie Anspruch auf unterstützende Maßnahmen. In so einem Fall können Sie vom Staat die Finanzierung einer solarbetriebenen und somit klima- und feinstaubneutralen Guillotine erwarten. Wenn gerade keine verfügbar ist, ist es ihnen erlaubt, auf Staatskosten einen Subunternehmer zu beauftragen – zum Beispiel eine Fachkraft vom Islamischen Staat. Das sind ja wahre Köpf-Künstler."

Ich lehnte mich zurück und genoss den Ausblick auf eine berufliche Zukunft, die ihresgleichen suchte. Aber bezüglich eines Punktes war ich noch unsicher: „Ich soll ja auch Füße und Hände amputieren, das kann ich doch gar nicht."

„Macht nichts, dafür gibt es eine App, die zeigt Ihnen wie das geht."

„Ja, aber ich bin ja kein Chirurg."

„Na und? Die App ja auch nicht."

Nun war alles restlos geklärt – bis auf die Bezahlung. „Wie wird denn mein Gehalt sein?"

„Es handelt sich hierbei um Akkordarbeit. Sie werden nach abgeschlagenen Köpfen bezahlt. Umgerechnet bekommen Sie rund 73 Cent pro Kopf."

„Nach meinem Empfinden ist das nicht besonders viel, eher sogar wenig", merkte ich an.

„Kommt drauf an, wenn Sie pro Tag 100 Köpfe schaffen, bekommen Sie 73 Euro, und zwar brutto, ohne Abzüge. Und die Köpfe dürfen Sie ja behalten", triumphierte Konstantin Entenläufer. „Und was ist mit dem Weg zum Arbeitsplatz? Die Fahrt nach Saudi-Arabien ist ja doch sehr weit."

„Kein Problem, lassen Sie sich einen Freibetrag auf Ihrer Lohnsteuerkarte eintragen."

„Könnte ich eigentlich auch ein Arbeitszimmer steuerlich absetzen?"

„Theoretisch ja. Dann müssten Sie Ihrer Tätigkeit aber hier in Deutschland nachgehen, in Ihrem Arbeitszimmer eben. Jedoch werden Köpfungen in Deutschland nicht so gerne gesehen. Genau genommen sind sie sogar verboten."

„Auch nachmittags?"

„Ja, besonders zwischen 13 und 15 Uhr, da ist nämlich Mittagsruhe."

Ich war restlos überzeugt, dass dieser Job meinen Talenten und intellektuellen Begabungen entgegenkam. Das saudi-arabische Justizministerium beschied meine Bewerbung positiv. Ich richtete mir ein Arbeitszimmer ein, setzte es steuerlich ab und ging mit großem Eifer an die Arbeit.

Ich hatte jedoch nicht mit der Gründlichkeit und Schnelligkeit der Polizei gerechnet, die keine drei Jahre, nachdem ich meine Tätigkeit aufgenommen hatte, plötzlich vor der Tür stand und Einlass begehrte. „Sie haben in der letzten Zeit mehrmals verbotenerweise zwischen 13 und 15 gearbeitet. Der Gebrauch von Schwertern in der Mittagszeit in geschlossenen Räumen ist jedoch verboten", belehrte mich der Einsatzleiter. Ich wies darauf hin, dass ich Akkordarbeiter sei und somit auch manchmal in der Mittagszeit köpfen müsse. „Na und?", bellte der Ordnungshüter, „dann nehmen Sie doch einfach die Kreissäge."

Die Quote muss her

Wer heutzutage publizistisch auf sich aufmerksam machen will, sollte auf jeden Fall schnell irgendeine Ungerechtigkeit ans Licht zerren – so wie eine junge Journalistin, die im Mai 2019 mit viel Herzblut im Stern-Jugendmagazin „Neon" darüber berichtete, dass Frauen in der TV-Serie „Game of Thrones" viel weniger Redezeit haben als die männlichen Charaktere. Eine bodenlose Frechheit und Ignoranz erster Rangordnung, was bei meiner Freundin Nini und mir natürlich ein intensives Gespräch auslöste.

Siehst Du jetzt endlich ein, dass die Diskussion über Frauenquoten einen Sinn hat?" eröffnete Nini das Gespräch mit einer Vehemenz, die mich fast schon vor Angst unter dem Tisch Schutz suchen ließ. „Wieso", merkte ich an, „Du darfst doch hier genauso viel reden wie ich."

„Das stimmt nicht. Gestern Abend hast Du mehr gesagt als ich."

„Ja, aber auch nur, weil Du eingeschlafen bist."

„Ich bin eingeschlafen, weil Du in nicht enden wollender Ausgiebigkeit über das Verhältnis von weiblichen Fliegenschnäppern zu lesbischen Wieseln mit Kurzhaarfrisur gesprochen hast."

„Na gut", sagte ich", dann sprich Du doch jetzt über irgendetwas, damit das Redezeit-Gleichgewicht wieder hergestellt wird."

„Was soll ich denn sagen?"

„Na, irgendetwas."

„Fischers Fritze fischt frische Fische."

„Klasse, es geht doch", freute ich mich.

„Aber es war intellektuell nicht anspruchsvoll", stellte Nini selbstkritisch fest.

„Dann sag' doch jetzt mal was Anspruchsvolles." Die schönste Frau diesseits des Universums dachte kurz nach, bevor folgender Satz das Gehege ihrer Zähne verlies: „In einem rechtwinkligen Dreieck liegt die Hypotenuse dem rechten Winkel gegenüber."

„Das war aber ein langer Satz, jetzt hast Du mehr Redezeit in Anspruch genommen als ich", erlaubte ich mir zu monieren, was bei Nini aber keine Unterbrechung ihrer Gesprächsbeiträge auslöste – im Gegenteil. „In einer Männersauna haben Frauen überhaupt keine Redezeit", echauffierte sie sich. „Dabei würden sich die Besucher einer Männersauna besonders freuen, wenn mal eine Frau vorbeikäme und über rechtwinklige Dreiecke sprechen würde", entgegnete ich. Nini jedoch ging auf meinen konstruktiven Vorschlag nicht mal ansatzweise ein, sondern widmete sich nun wieder dem Anlass unserer Diskussion. „Bei ‚Raumschiff Enterprise' zum Beispiel sprechen fast nur Käpt'n Kirk und der andere mit den spitzen Ohren, Frauen sind kaum zu hören."

„Das stimmt", pflichtete ich ihr bei. „Vielleicht sollte man in die ganzen Folgen jetzt Greta Thunberg hineinschneiden – sie könnte dann wortreich darauf aufmerksam machen, wie klimaschädlich Raumschiffe doch sind. Und erst dieses Beamen."

„Genau, und denk' mal an die Rambo-Filme, da könnte man die Präsidentin der Europäischen Zentralbank auftreten lassen, die dann erklärt, warum es gut ist, dass niemand mehr Zinsen bekommt, während Rambo auf sein Sparbuch schaut und in Tränen ausbricht, angesichts von Negativzinsen in Höhe von 12,57 Prozent. Das sind progressive und frauenfreundliche Filmkonzepte", trompetete Nini. „Richtig, und bei den Terminantor-Filmen könnte die Ex-Bischöfin Margot Käßmann auftauchen und darauf aufmerksam machen, dass Gewalt keine tolle Sache und somit abzulehnen ist."

„Das ist ja super", freute sich Nini, „und der Terminator könnte dann sagen, dass er der Gewalt auch eher skeptisch gegenüber steht, aber dafür wenigstens nicht über rote Ampeln fährt."

„Käßmann ist ja nur bei Rot rübergefahren, weil sie betrunken war und die Ampel somit gar nicht mehr erkennen konnte", warf ich ein. „Der Terminator könnte die Ampel wegsprengen, dann könnte Käßmann einfach betrunken weiterfahren – und es würde ihr gar nichts passieren", nahm Nini den Faden auf. „Erinnerst Du Dich noch an den Film ,Die zehn Gebote'", spann ich selbigen nun weiter, „in dem Moses die Juden aus Ägypten führt und dabei das Rote Meer geteilt hat? Genau in der Mitte des geteilten Roten Meeres könnte doch Bundeskanzlerin Merkel stehen und sagen: ,Sie schaffen das'. Und wenn Moses dann auf den Berg Sinai steigt, um die Zehn Gebote zu bekommen – wen trifft er dort oben?"

„Na, ist doch klar", rief Nini aus. „Margot Käßmann. Und sie gibt ihm sogar als kleines Extra noch ein elftes Gebote mit, und das lautet: Du sollst rote Ampeln ehren und respektieren – es sei denn, Du bist besoffen."

„Und weißt Du, wer unbedingt noch in alle 597 Teile der Star Wars-Saga eingearbeitet werden muss? Annegret Kamp-Karrenbauer! Sie könnte in jedem Teil vom Anfang bis zum Ende einfach nur sagen: Möge die Macht mit mir sein."

Nini und ich waren uns einig: Man müsste auf jeden Fall Redezeitquoten für Frauen in Filmen festlegen – genauso wie für Migranten, Rothaarige, Meerschweinchenbesitzer, Linkshänder, Brillenträger sowie selbstredend für Menschen, die Quoten generell und vehement ablehnen.

Unerwarteter Rollentausch

Ich jogge regelmäßig, schon seit Jahren. Doch auf einmal taten mir die Beine weh. Ich gab ihnen eine Woche Zeit, damit aufzuhören und sich auf ihre originären Aufgaben zu konzentrieren. Aber mein Fahrwerk machte weiterhin Probleme, sodass ich einen Arzt aufsuchte. Dieser Besuch sorgte für einen unverhofften beruflichen Aufstieg. Zudem lernte ich, dass Ärzte kranker sein können als ihre Patienten.

Sie haben wahrscheinlich Muskelkater, also nichts Ernstes", diagnostizierte Dr. Atavus Ochsenläufer, den ich wegen der Schwierigkeiten mit meinen Beinen aufgesucht hatte. Ich verneinte. Muskelkater könne es nicht sein, da ich meinen Beinen nichts Außergewöhnliches zugemutet habe, schließlich jogge ich regelmäßig. Es müsse etwas anderes sein. „Stellen Sie hier die Diagnose oder ich? Stellen Sie sich mal hin", murrte Ochsenläufer. Ich tat wie mir geheißen, und Ochsenläufer musterte mich mit kritischem Blick. „Ihre Beine reichen exakt bis auf den Boden, es ist doch alles in Ordnung, Ihre Sorgen möchte ich haben. Schauen Sie mich an, mein Blutdruck fährt seit Jahren Achterbahn, das sind echte Probleme." Ochsenläufer legte sich ein Blutdruckgerät an. „160 zu 110", las er ab.

„Dagegen sollten Sie etwas tun", riet ich.

„Ja, aber was?"

„Spannen Sie doch mal richtig aus, machen Sie einen schönen langen Urlaub."

„Dafür habe ich weder Zeit noch Geld", jammerte Ochsenläufer.

„Dann hören Sie mit dem Rauchen auf".

„Ich rauche doch gar nicht."

„Na, dann fangen Sie doch an, damit Sie aufhören können", riet ich. „Trinken Sie eigentlich?"

„Naja, vielleicht vier bis fünf Biere am Abend."

„Das ist eindeutig zu viel für Ihren Blutdruck. Nehmen Sie lieber Heroin, das macht auch viel Spaß und ist mittlerweile sehr preisgünstig zu bekommen."

„Sind Sie wahnsinnig?", rief Ochsenläufer aus.

„Stelle ich hier die Diagnose oder Sie?", maßregelte ich ihn. Der Arzt beruhigte sich und machte auch keine weiteren Anstalten, meine Kompetenzen in Zweifel zu ziehen. „Mit meiner Schilddrüse stimmt auch irgendwas nicht", merkte er stattdessen kleinlaut an. Ich griff zum Ultraschallgerät und schritt sofort zur Untersuchung. Seine Schilddrüse war winzig, geradezu kaum noch messbar, was mich erstaunte. „Sie müssen hier oben am Hals messen, nicht am Fuß. Sie haben meinen kleinen Zeh mit dem Gerät untersucht", erklärte Ochsenläufer. Ich überging diesen Fauxpas mit dem Hinweis, dass wir seine Schilddrüse problemlos operativ entfernen und durch den kleinen Zeh ersetzen können. „Die kleinen Zehen werden oft unterschätzt, dabei sind sie sehr vielseitig", dozierte ich.

Ochsenläufer hatte nun vollständiges Vertrauen in meine nicht vorhandenen medizinischen Fähigkeiten. „Können Sie vielleicht auch etwas gegen mein häufiges Nasenbluten tun?", fragte er mich. „Das stellt gar kein Problem dar", erwiderte ich, „wir nehmen die Nase einfach ab und ersetzen sie durch den anderen kleinen Zeh, den Sie noch übrig haben." Ob das denn nicht ziemlich merkwürdig aussehe, so Ochsenläufers Bedenken, die ich jedoch wieselflink ausräumen konnte. „Sie müssen es nur mögen, dann gefällt es Ihnen auch."

Ochsenläufer vertraute mir nunmehr auch seine intimsten Geheimnisse an. „Immer wenn ich eine Talkshow im Fernsehen gesehen habe, leide ich unter entsetzlichem Durchfall."

„Das ist völlig normal", erklärte ich ihm. „Schicken Sie einfach die Rechnung für das zusätzliche Toilettenpapier an die entsprechenden Redaktionen, die begleichen das ruck, zuck. Ich könnte Ihnen selbstredend auch ein Rezept für Klopapier verschreiben. Ganz, wie Sie wollen."

„Wäre das Rezept für dreilagiges oder nur für zweilagiges Papier?"

„Für siebenlagiges, damit Sie auch genug Papier haben, um es sich in die Ohren zu stopfen, während Sie die Sendung verfolgen. Sie sind doch sicher Privatpatient. Das zahlt Ihre Kasse, keine Sorge." Vorsichtshalber verschrieb ich ihm noch ein paar Tabletten. „Wogegen sind die?", wollte Ochsenläufer wissen. „Das weiß ich nicht, aber Sie müssen zwei pro Tag nehmen, sonst wirken sie nicht."

Ochsenläufer verließ voller Zufriedenheit meine Praxis, und ich bat die Sprechstundenhilfe, den nächsten Patienten hereinzurufen.

Die Seehunde haben heute Ruhetag

Eine Woche auf einer Nordsee-Insel – eine derartige Auszeit genießen meine Freundin Nini und ich gerne, besonders in der Nebensaison, wenn es nicht so voll ist. Und da wir es beide nicht so mit der Küchenarbeit haben, gönnen wir uns des Mittags einen Besuch im Restaurant – nachmittags hingegen beehren wir gerne ein Café mit unserer Anwesenheit. Doch wie das so ist, gerade in der Nebensaison hat das Wort „Ruhetag" und andere Einschränkungen eine beachtliche Bedeutung. Das führt zwangsläufig zu einem unkonventionellen Vorgehen.

Die Sonne hatte die Nacht und uns aus unseren Betten vertrieben, der erste Urlaubstag wartete darauf, sinnvoll gestaltet zu werden. „Lass uns mittags in der ‚Lustigen Muschel' etwas essen gehen", schlug ich beim Frühstück vor. „Ich weiß nicht, ob das möglich ist", konnte ich von der anderen Seite des Tisches vernehmen. Nini zeigte sich bestens vorbereitet, öffnete ihren Laptop und zauberte eine Exceltabelle mit den Ruhetagen der Restaurants auf den Bildschirm. „Die ‚Lustige Muschel' hat heute nur eingeschränkte Öffnungszeiten, und zwar von 13.02 bis 13.07 Uhr", las sie ab. „Wenn wir uns beeilen, können wir in der Zeit immerhin unsere Bestellung aufgeben", fügte die hübscheste Frau diesseits des Universums noch hinzu. „Und vielleicht können wir das bestellte Essen dann ein anderes Mal zu uns nehmen", sinnierte ich. „Wie sieht es denn morgen mit den Öffnungszeiten aus?"

„Gar nicht mal schlecht, es gibt eine Sonderöffnungszeit von 1.37 bis 2 Uhr." Ich erlaubte mir anzumerken, dass ich mich um diese Uhrzeit in der Regel dem Schlaf anheim gebe. „Stell' Dich nicht so an, gerade im Urlaub kann man auch mal etwas lockerer sein", maßregelte mich Nini empört. Ich versuchte ein Ablenkungsmanöver: „Und wie ist es denn mit dem ‚Tanzenden Krebs', hat der nicht geöffnet?" Nini warf einen konzentrierten Blick in ihre Tabelle. „Ja", sagte sie, „aber dort gibt es nur eine eingeschränkte Karte." Ich schöpfte ein Quäntchen Hoffnung.

„Und?"

„Es gibt lediglich drei Gerichte, nämlich gehackte Fußpilze mit Himbeereis, pochierter Seetang mit Griesbrei sowie Radieschen an Stachelbeerkroketten."

„Nichts mit Fisch?"

„Oh, doch. Silberfische mit Ketchup."

Da wir diese kulinarischen Glanzlichter lieber nicht in Kontakt mit unserem Gaumen treten lassen wollten, entschieden wir uns, es nun doch in der „Lustigen Muschel" zu versuchen. Um dort keine unnötige Zeit zu verschwenden, brachten wir uns vorsichtshalber zwei tiefgekühlte Pizzen mit, das Servicepersonal nahm selbige entgegen, legte sie in den Backofen und verwies uns dann mit dem Hinweis, dass es schließlich gleich 13.07 Uhr sei, des Restaurants. Wir mussten lediglich 21,90 Euro für unser Essen bezahlen – was wir als angemessen empfanden.

Der nächste Tag sollte der Bewegung gewidmet sein, Nini und ich entschlossen uns zu einer ausgedehnten Radtour. Allerdings fehlten uns dazu die Fahrräder, also suchten wir einen dementsprechenden Verleih auf, der jedoch nur mit einem eingeschränkten Service aufwartete: Es gab lediglich Kinderräder, die überdies auch noch mit Stützrädern ausgestattet waren. Die Erwachsenen-Räder hatten Ruhetag, wie uns der Verleiher glaubhaft versicherte. Wir ließen uns jedoch von diesem Umstand nicht abschrecken und mieteten ein Kinderrad. Um den Geldbeutel zu schonen, bestand Nini darauf, dass auf selbigem noch ein Kindersitz installiert wurde, wo ich dann Platz nahm. Auf diese Art und Weise nahmen wir Kurs auf ein außerorts gelegenes Restaurant namens „Zum hüpfenden Hummer".

Dort angekommen stellten wir mit Erstaunen fest, dass es geöffnet war. Kein Ruhetag. Keine Sonderöffnungszeiten. Keine eingeschränkte Karte. Im Gegenteil. Das volle Programm: Fisch in allen Variationen, Schnitzel mit Bratkartoffeln, Bratkartoffeln ohne Schnitzel, Rinderfilet mit Champignons, Steak mit Salat und Schokoladensoße – eben was das Herz begehrt. Wir waren derartig irritiert, dass wir den „Hüpfenden Hummer" fluchtartig verließen. Wer so einen Service bietet, der könne schließlich nicht seriös sein, merkte Nini noch an, als wir uns wieder im Freien befanden. Wir schritten beherzt auf unser Fahrrad zu, doch noch bevor ich in dem mir zugedachten Kindersitz Platz nehmen konnte, rauschte der Verleiher mit seinem Auto an und montierte den Sitz ab. „Nachmittags haben wir nur einen eingeschränkten Service, da gibt es keine Kindersitze", erklärte er und verschwand mitsamt dem Sitz.

Dieses Erlebnis war ein wenig ärgerlich, denn wir wollten des Abends ein Konzert besuchen. Wie sollten wir jetzt zurückkommen? Kurzentschlossen ließen wir ein Taxi anrollen, stiegen ein und mahnten den Fahrer zur Eile. Das abendliche Konzert im Kurhaus war ein Highlight in Sachen Musikgenuss. Das Orchester hatte zwar Ruhetag, aber es wurde immerhin eine CD abgespielt – jedoch nur zur Hälfte, da das Kurhaus an dem Abend lediglich einen eingeschränkten Service bot.

Der letzte Urlaubstag war angebrochen, und die hübscheste Frau diesseits des Universums tat den Wunsch kund, eine Kutschfahrt zu einer nahegelegenen Sandbank zu unternehmen – dort nämlich hatten sich Seehunde ein dauerhaftes Domizil eingerichtet und waren somit zu einem beliebten Ausflugsziel für zahlreiche Urlauber geworden. Also kletterten wir auf die Kutsche – und sofort wieder hinab. Denn wegen des eingeschränkten Services wurden heute keine Pferde vor das Fuhrwerk gespannt, sodass die Fahrgäste die Kutsche selbst schieben mussten. Doch dieses Procedere, das nur vier Stunden in Anspruch nahm, lohnte sich über alle Maßen. „Oh, schau", rief Nini, als wir unser Ziel erreicht hatten. „Eine Sensation! Unglaublich!! Wie ist das schön!!!", schrie sie und wies mit der Hand auf ein Schild. Darauf war zu lesen: Sehr geehrte Besucher, die Seehunde haben heute Ruhetag.

Eine pazifistische Wunderwaffe

Wir Deutschen glauben, dass man alle Konflikte dieser Welt friedlich lösen kann. Die Alliierten im Zweiten Weltkrieg haben das aber ganz anders gesehen und frecherweise Gewalt gegen Hitler-Deutschland eingesetzt – erfolgreich übrigens. Doch auch ich glaube mittlerweile, dass der Einsatz von Gewalt damals falsch war. Ja, man hätte auch ohne Gewalt das Hitler-Regime beenden können. Das weiß ich, seit ich kürzlich einen Traum hatte, in dem eine gewaltlose, aber enorm effektive Geheimwaffe gegen Hitler eingesetzt wurde.

In der Berliner Reichskanzlei herrschte andachtsvolle Stille, als der größte Führer aller Zeiten (Gröfaz) sich zu Beginn des Jahres 1939 Gedanken über die Zukunft der Welt machte. Sollte er Amerika bereits am Nachmittag des nächsten Tages erobern, oder doch erst übernächste Woche? Der Gröfaz schwelgte in Fantasien und dachte bereits darüber nach, auch den Mond, die Sonne und die Fidschi-Inseln zu einzunehmen. Er hatte ein paar seiner Generäle zu sich bestellt, um das weitere Vorgehen zu besprechen. Jedoch bekamen die Alliierten Wind von Hitlers Plänen und aktivierten deshalb eine Geheimwaffe – die Tür zum Besprechungsraum öffnete sich, und die Waffe wurde scharf.

„Verläuft eigentlich unter dieser Reichskanzlei auch der gesetzlich vorgeschriebene Krötentunnel?", konnten die Anwesenden hören, bevor Claudia Roth die Tür wieder schloss. Stille. Der Gröfaz starrte sie an. „Was für Krrrröten?", schnarrte er. Doch Roth war bestens munitioniert: „Laut EU-Richtlinie 703, Absatz fünf, Wurzel aus sieben müssen alle Bauwerke, die bis zu einer Tiefe von 27,73 Meter reichen auch über einen Krötentunnel verfügen, dessen Mindestdurchmesser 18,35 Zentimeter sein muss und der auch mit Toiletten und Schlafmöglichkeiten für Krötinnen und Kröten ausgestattet sein muss", schoss Roth ihre erste verbale Breitseite ab. „Was für Krrröten? Und Wurzeln gibt es hierrrrr auch nicht", bellte der Gröfaz. „Natürlich muss in dem Tunnel auch ein Tempolimit gelten – und dieselbetriebene Kröten müssen auf Hüpfverbote aufmerksam gemacht werden", führte Roth ihre Gedanken weiter aus. Die Augen des Gröfaz' weiteten sich. „Hierrrrr hüpft keinerrrrr, ich dulde keine unkoorrrrrdinierte Hüpferrrrrei", brüllte er in seiner bekannt liebenswürdigen Art.

Die legendäre Claudia Roth wendete sich nun, völlig unbeeindruckt von den Kommentaren des Gröfaz', einem weiteren Thema zu. „Ich sehe hier gar keine gendergerechten Toiletten."

„Wie meinen?"

„Wo ist denn die Toilette für das dritte Geschlecht?"

„Seit wann gibt es ein drrrittes Geschlecht?"

„Seitdem ich es erfunden habe", trompetete die Geheimwaffe.

„Krrröten, drrrrei Geschlechter, Sie sind ja völlig wahnsinnig", brüllte der Gröfaz, und seine leicht blutunterlaufenen Augen zeigten, dass er nicht mehr ganz Herr seiner Sinne war. „Sie bekommen da jetzt etwas durcheinander", insistierte Roth, „die Kröten stellen nicht das dritte Geschlecht dar. Aber es könnte nichts schaden, wenn Sie einen Krötentunnel in die drittgeschlechtliche Toilette bauen."

„Ja, und was dann? Hüpft dann das drrrrite Geschlecht durch den Tunnel?", hechelte der Gröfaz. Roth überhörte diese von außerordentlicher Intelligenz zeugende Frage und schnitt eine weitere Problematik an. „Ich habe gerade gehört, dass Sie die Welt erobern wollen. Das ist aber nicht sehr nett und meistens mit dem Einsatz von Gewalt verbunden. Warum enteignen Sie die anderen Länder nicht einfach?"

„Enteignen? Wie soll das gehen?"

„Das kann Ihnen Kevin Kühnert erklären."

„Kevin? Ich dulde hier keine Anglizismen."

„Nein, Kevin ist kein Anglizismus, sondern ein Juso."

„Was, ein Jude?", brüllte der Gröfaz.

„Nein, ein Juso."

„Was ist ein Juso?"

„Ein Juso ist jemand, der keinen klaren Gedanken fassen kann, aber dafür einen permanenten Sprachdurchfall zelebriert und sich mit herzerfrischender Begeisterung in selbigem suhlt", erläuterte Roth. Der Gröfaz war sprachlos, vielleicht auch deswegen, weil er darüber nachdenken musste, ob diese Beschreibung möglicherweise auch auf ihn selbst zutraf.

„Wann wollen Sie denn eigentlich den Veggie-Day für Ihre Soldaten einführen?", wurde Roth erneut aktiv. Bevor der Gröfaz antworten konnte, schoss sie eine weitere Salve ab: „Wird Ihr geplanter Feldzug auch klimaneutral sein? Stammen Ihre Granaten aus Freilandhaltung? Und werden Sie auch Soldaten einstellen, die einen Migrationshintergrund haben? Was ist eigentlich mit der Frauenquote bei den Generälen Ihrer Truppe?"

„Rrrrrrrrrrrrrrrrrrrrrrrrrrrrrrrrrrrrrrrrrrrrrrrrrrrrr", brüllte der Gröfaz, der sich nun auf dem besten Weg in den Wahnsinn befand. Er stürmte aus dem Raum und ward fortan nicht mehr gesehen. Unbestätigten Gerüchten zufolge soll er dabei beobachtet worden sein, wie er ein Geflecht aus Krötentunneln unter ganz Deutschland anlegte, andere behaupteten, dass er sich eine Toilette für das dritte Geschlecht gebaut und sich dann darin verlaufen habe. Tatsache ist: Er trat nie mehr in Erscheinung. Roth hingegen legte später eine bemerkenswerte Karriere hin und soll noch so manch anderen in den Wahnsinn getrieben haben.

Harem gefällig? Gerne!

Im Januar des Jahres 2018 entschied die Kreisverwaltung Pinneberg, dass ein sogenannter syrischer Flüchtling seine Zweitfrau nach Deutschland holen durfte. Selbiger kündigte prompt an, sich auch noch eine Dritt- und Viertfrau zuzulegen. Experten schätzen, dass 20 bis 30 Prozent der Muslime in Berlin eine Zweitfrau haben. Das ist strafbar, wird aber toleriert. Ich hingegen habe nur eine Freundin, nämlich Nini. Ein Umstand, der dringend einer Änderung bedurfte.

Konstanze Bierhuhn war nicht nur eine äußerst einfühlsame Frau, sondern sie betrieb obendrein noch eine sehr erfolgreiche Partnervermittlung, welche ich eines Tages aufsuchte, um mir einen kleinen Harem aufzubauen. „Sie wollen also, dass ich Ihnen vier Frauen vermittle? Das finde ich überaus modern, ich gratuliere Ihnen zu Ihrem Wunsch", konnte ich von Bierhuhn vernehmen, nachdem ich mein Anliegen vorgetragen hatte. „Sie wissen aber, dass Sie für den Unterhalt dieser Frauen aufkommen müssen?"

„Ähem, äh, arbeiten die denn nicht und sorgen für sich selbst?"

„Nein."

„Was machen die denn den ganzen Tag?"

„Sie sind zu Hause."

Ich dachte kurz nach und merkte, dass das Vorhaben möglicherweise finanziell sehr intensiv werden und somit meine Möglichkeiten überdehnen könnte. Bierhuhn schien meine Gedanken lesen zu können – und offerierte eine neue Möglichkeit. „Ich könnte Ihnen anbieten, die Frauen zu leasen."

„Leasen? So wie ein Auto?"

„Ja, genau."

„Sind denn in der Leasingrate auch Versicherung, Unterhalt, Wartung und Steuern drin?"

„Ja, natürlich. Für drei Jahre. Danach haben Sie die Möglichkeit, die Frauen zurückzugeben oder zum Restwert von 9000 Euro zu übernehmen."

„9000 Euro ist ein bisschen viel Geld. Geht das nicht auch billiger?", wollte ich wissen. Bierhuhn runzelte die Stirn, und man konnte förmlich sehen, wie es hinter selbiger emsig arbeitete. „Hm", war dann von ihr zu hören, „wenn Sie sie ohne Beschädigungen zurückgeben, könnte ich einen Nachlass in Höhe von 5,95 Euro gewähren."

„Nein", rief ich aus, „Sie ruinieren sich ja, das kann ich nicht annehmen."

„Gut, dann 5,85 Euro."

„Wunderbar. Das kommt mir zupass. Gibt es noch mehr Möglichkeiten, Geld zu sparen?"

Bierhuhn war durch und durch Geschäftsfrau, weshalb sie auch mühelos weitere Sparmaßnahmen offerieren konnte. „Sie können die Frauen natürlich auch während der Leasingphase weiterverleasen – quasi unterverleasen."

„Ich könnte die Frauen doch auch nach den drei Jahren bei Ebay verkaufen, oder?"

„Ja, selbstverständlich", freute sich Bierhuhn über mein nun aufkommendes wirtschaftliches Denken. „Wenn die Frauen gut erhalten sind und keine Gebrauchsspuren haben, können Sie mit ihnen gutes Geld verdienen", fügte sie hinzu und vergaß auch nicht, mir zu raten, den Mindestgebotspreis nicht zu niedrig anzusetzen.

Jetzt entfaltete sich mein wirtschaftliches Denken zu wahrer Größe. Ich schlug Bierhuhn vor, eine Firma mit dem Namen „Rent a Woman" zu gründen. Das Rohmaterial würde ich von ihr beziehen, eine Idee, die große Freude auslöste und nun in ihrer Denkmurmel neue Aktivitäten einleitete. „Sie könnten mit Ihrer Firma an die Börse gehen. Wenn Sie ein Kurs-Gewinnverhältnis von rund 18 Prozent und eine Dividendenrendite von neun Prozent schaffen, sind Sie auf etwa dem gleichen Niveau wie der Fernsehsender RTL."

„Apropos RTL – ich könnte dann die Frauen doch auch an RTL liefern, zum Beispiel für eine neue Serie mit dem Namen ‚Harem-TV'."

„Eine brillante Idee. Ich sehe schon, Sie sind ein pfiffiger Kerl wenn's ums Geschäft geht", pflichtete mir Bierhuhn bei.

Doch plötzlich schlichen sich bei mir Bedenken ein. „Sagen Sie, ist denn Menschenhandel nicht eigentlich verboten?", fragte ich. „Menschenhandel ja, aber hier geht es ja nur um Frauen", belehrte mich Bierhuhn. Das beruhigte mich, denn ich wusste, dass ich mich auf die Einschätzung einer so kompetenten Geschäftsfrau absolut verlassen konnte. Wir besprachen noch kurz unsere weitere Zusammenarbeit, und dann verabschiedete ich mich, um nach Hause zu meiner Freundin Nini zurückzukehren.

Dort angekommen staunte ich nicht schlecht, vier mir völlig unbekannte Männer auf dem Sofa sitzend anzutreffen. „Die habe ich bei Amazon gekauft, ein Sonderangebot", informierte mich Nini über diesen Umstand. „Ich habe sogar noch Mengenrabatt bekommen", freute sie sich.

Ich war unendlich schockiert. Wie konnte man sich nur so menschenfeindlich verhalten? Das hätte ich Nini nie zugetraut. Und es kam noch ein Umstand hinzu, der nicht gerade dazu angetan war, Begeisterungsstürme bei mir hervorzurufen: Wegen Platzmangels musste ich nun nämlich aus unserer Wohnung ausziehen. Freundlicherweise gab Nini mir noch den Tipp, doch mal bei der renommierten Partnervermittlung von Konstanze Bierhuhn vorbeizuschauen, sie hätte da mal eine Anzeige in der Zeitung gesehen, das sei wohl eine recht patente Person, die mir sicherlich helfen könne.

Nun, eine neue Wohnung hatte ich schnell gefunden, aber nach der Trennung von Nini fühlte ich mich doch sehr alleine. Da zog eine Anzeige im Internet meine Aufmerksamkeit auf sich. „Nutzen Sie die Vorteile der Ehe für alle, wir helfen Ihnen dabei", hieß es dort. Ich wählte flugs die angegebene Telefonnummer. Keine zwei Stunden später war ich glücklich verheiratet – und zwar mit einer solarbetriebenen Duschkabine, einem Tischspringbrunnen sowie mit einem Lama, welches über einen Migrationshintergrund verfügte. Eine tolle Sache, wer braucht da noch vier Frauen?

Es findet eine Beorgelung statt

Die deutsche Sprache ist enorm vielfältig. Das macht sie interessant und liebenswert. Aus manchen Behördenstuben und Medienredaktionen kriechen jedoch Begriffe hervor, die offensichtlich einem semantischen Giftschrank entflohen sind – sperrig, gestelzt, erschreckend unelegant und dazu geeignet, den Mageninhalt in Bestzeit nach draußen zu bringen. „Beschulung" ist zum Beispiel so ein Wort. Ekelhaft. Aber diese Form der Sprache setzt sich überall durch – sogar in Bereichen, in denen man das nie für möglich gehalten hätte.

Vor einiger Zeit, da war ich noch jünger als heute, deutlich jünger, man könnte sogar sagen, ich war noch sehr klein, ja sogar sehr, sehr klein, politisch korrekt würde man heutzutage sagen, dass ich vertikal benachteiligt war, da brachten mich meine Eltern in eine Kinderkrippe, ich wurde also bekrippt. Die Krippenmitarbeiterinnen, also die Bekripperinnen, ließen keine Gelegenheit aus, um mich zusätzlich noch zu bespaßen und zu bespielzeugen.

Später dann, ich war schon geringfügig größer, also nicht mehr ganz so vertikal benachteiligt, aber eben auch noch nicht vertikal bevorteilt, da trat eine neue, aufregende Erfahrung in mein Leben: Ich wurde begrundschult. Und zwar vier Jahre lang. Ohne Unterlass. Wiederum etwas später wurde es für meine Eltern, die mich bis dahin liebevoll beeltert hatten, etwas kompliziert. Sie mussten sich entscheiden, ob ich an einer Behauptschulung oder an einer Berealschulung teilnehmen sollte. „Setzt mich doch einfach einer Begymnasialung aus", schlug ich hingegen vor. Und so geschah es dann auch.

Nachdem diese Phase abgeschlossen war, entschied ich mich dafür, mich einer Beuniversitätung anheim zu geben. Auch diese Handlung war von Erfolg gekrönt und endete mit einer Bediplomierung, die mir dann den Weg in meine Berufung ebnete. Um den Ort meiner Berufung zu erreichen, nutzte ich sehr, sehr oft öffentliche Verkehrsmittel – ich gab mich also einer Bestraßenbahnung oder einer Bebussung hin. Wenn es des abends mal später wurde, genossen meine Kollegen und ich eine Bekneipung und eine damit einhergehende Bebierung. Wenn es dann noch später wurde, stand sogar einer Beschnapsung nichts mehr im Wege, manchmal gab es sogar eine Beweinung.

Irgendwann, meine Belebung wurde weniger, da wurde ich auf der Straße von einem Mann angesprochen. Er sei Beerdigungsunternehmer, tat er mir kund. Ob ich nicht Interesse an einer Besargung nebst anschließender Beerdigung hätte. Ich lehnte ab, doch schon bald ereilte mich eine Betotung, sodass ich horizontal optimiert war.

Als ich im Himmel angekommen war, wusste ich nicht so recht etwas mit mir anzufangen, offensichtlich hatte man mich auch nicht erwartet. Ich stromerte ein bisschen umher und entdeckte ein Wartezimmer. Nachdem ich eine Zeitlang bewartezimmert wurde, öffnete sich eine Tür, und ich kam in einen Raum, in dem der liebe Gott residierte. „Was ist Dein Begehr?", fragte er mich. „Nun", hob ich an, „ich freue mich zunächst, dass ich in den Himmel gekommen bin, aber ich finde, es ist hier ein wenig fad. Gibt es kein Unterhaltungsprogramm?" Ich erlaubte mir noch hinzuzufügen, dass ich dankbar sei, nicht mehr dieser komischen irdischen Sprache mit ihren gelegentlich merkwürdigen Ausdrücken ausgesetzt zu sein. Der liebe Gott fuhr sich mit der Hand durch seinen Bart, dann sprach er: „Es freut mich, Dir kundtun zu können, dass wir ein Unterhaltungsprogramm anbieten können. Jeden Freitag gibt es eine Bekonzertung mit Engeln, die eine Betrompetung durchführen. Und einige andere unser Mitarbeiter beorgeln die Zuhörer."

Ich ergriff panisch die Flucht. Wenn das der Himmel ist, dann wollte ich lieber nach unten, in die Hölle. Ich sehnte mich danach, endlich wieder eine klare deutsche Sprache in meiner Ohrmuschel zu vernehmen. Unweit des Wartezimmers wurde ich eines Fahrstuhls ansichtig, ich stieg hinein und drückte die Taste, die mich nach unten bringen sollte – in die tiefste Hölle. Unten angekommen empfing mich der Teufel höchstselbst. „Schön, dass Du da bist", sagte er. „Die Behöllung findet dort hinten links statt."

Wie man Pipi macht

Wie gut es einem Land geht, sieht man daran, mit welchen Problemen sich die Einwohner beschäftigen. In der norddeutschen Stadt Delmenhorst wurde im Juni 2018 ein Trageseminar angeboten. Dort konnten Eltern, die nicht wussten, wie man ein Baby trägt, lernen, wie man ein Baby trägt. Erklärt wurde ihnen das von einer ausgebildeten Trageberaterin. Trageberater haben selbst Kinder, die früher getragen wurden, und geben ihr Wissen gerne weiter, heißt es dazu auf der Internetseite Tragenetzwerk.de. Es versteht sich von selbst, dass ich dazu Diskussionsbedarf hatte.

Wenn es um richtig heikle Themen geht, bespreche ich solche gerne mit meinem alten Freund Robert, der ganz in der Nähe meines Domizils einen Zeitschriften-Kiosk betreibt. Selbstredend sprach ich ihn auf das Thema „Trageseminar" an, wobei ich nicht vergaß, mich ausführlich darüber lustig zu machen. Mein Verhalten führte jedoch zu einer zügigen Verdunklung seiner Gesichtszüge. Den Grund dafür nannte er mir schnell: „Ich wollte auch mal eine Ausbildung zum Trageberater machen, in der Prüfung bin ich jedoch an der Frage ‚Darf ich beim Tragen die Windeln wechseln und in öffentlichen Papierkörben entsorgen' gescheitert", informierte er mich. „Das tut mir leid", entgegnete ich. „Ich hätte das Baby gleich ohne Windel in den Papierkorb gesetzt und getragen, dann hätte sich die ganze Problematik erübrigt", fügte ich noch hinzu.

Robert war jedoch schnell wieder guter Dinge, offensichtlich hatte er seine Schmach von damals seelisch verarbeitet. „Ich biete jetzt Wie-man-eine-Zeitung-kauft-Seminare an", verkündete er stolz und ließ es sich auch nicht nehmen, weitere Details zum Ablauf seines Seminars zu nennen. „Ich bringe den Leuten bei, wie sie ihr Portemonnaie aus der Hosentasche nehmen, das Geld abzählen und es mir dann geben."

„Sensationell", entfuhr es mir. „Aber was ist, wenn die Leute gerade ein Baby tragen?"

„Das ist auch kein Problem. Ich habe ja hier einen Papierkorb stehen, dort können die Teilnehmer meines Seminares das Kind zwischenlagern – vorausgesetzt, es scheißt nicht hinein. Dann müssen die Leute die erworbenen Zeitung zur Beseitigung des Malheurs verwenden."

Ich musste zugestehen, dass ich das Bewältigen von alltäglichen Handlungen wohl bisher unterschätzt hatte. Ja, dachte ich mir nun, derartige Seminare sind wahrscheinlich einfach unentbehrlich, um ein erfolgreiches Leben führen zu können.

Robert sortierte derweil seine Post – und fischte einen Seminarplaner aus selbiger hervor. „Hier schau', die Volkshochschule bietet einen zehnwöchigen Kursus zum Thema ,Wie man sich die Hose zumacht' an", sagte er und wedelte mit dem Prospekt. „Das ist sehr sinnvoll, denn wie leicht kann man mit dem Finger im Reißverschluss steckenbleiben und sich dabei schwer verletzen."

„Womöglich bekommt man dann auch noch Ärger mit der Schutzvereinigung Deutscher Hosen und Reißverschlüsse", merkte ich an und warf nun ebenfalls einen Blick in den Seminarplaner. „Hier", rief ich aus, „ das ist doch hoch interessant. Ein zweijähriges Seminar zum Thema ‚Wie man ein Butterbrot schmiert'. Toll. Da müssen wir hin."

„Kann ich leider nicht. Ich habe mich schon für das Seminar ‚Wie man beim Telefonieren die Nummern wählt' angemeldet."

„Klasse. Geht es dabei nur um Ortsgespräche oder auch um deutschlandweite Gespräche?"

„Weiß ich nicht, aber man lernt auf jeden Fall, wie man eine Nummer wählt, während man ein Baby trägt."

„Aber Du hast doch gar kein Baby."

„Ich leih' mir eins vom Deutschen Verein für Babyträger."

Ich musste zugeben, dass Robert sich mit seiner Seminarplanung absolut auf der Höhe der Zeit befand. Nun suchte auch ich mir ein paar Seminare aus. „Hier, ein Kursus zum Thema ‚Wie man einen Wasserhahn aufdreht'. Ich glaube, da gehe ich hin. Und dann ist hier noch ein Seminar mit dem Titel ‚Wie man Pipi macht' – ein Angebot der Deutschen Gesellschaft für Urinalkultur, das darf ich auf keinen Fall verpassen."

„Richtig", rief Robert aus. „Und ich gehe zu ‚Wie man in eine Straßenbahn einsteigt', danach mache ich den Kursus ‚Klopapier benutzen – aber richtig'. Anbieter ist die Internationale Vereinigung der Klopapiernutzer."

Ich durchforstete den Seminarplaner weiter. „Nun guck' Dir das an, das ist ja klasse: Ein Kursus zum Thema ‚Wie man einen Goldhamster badet' – angeboten wird er vom Deutschen Verein der Kleintierschamponierer. Da muss ich hin."

Am nächsten Tag wurde ich abermals bei Robert vorstellig. Er hatte jedoch keine Zeit für mich, denn er befand sich mitten in den Vorbereitungen für die Mutter aller Kurse, die er in Kürze besuchen wollte. Der Titel: „Wie man einen Goldhamster trägt, während ein Baby Pipi macht und man gleichzeitig mit Klopapier eine Telefonnummer wählt und ein Butterbrot in der Straßenbahn isst." Mein Neid war grenzenlos.

Wir brauchen mehr Hintergründe

Es gibt mittlerweile ein Wort, welches aus der deutschen Sprache nicht mehr wegzudenken ist: Migrationshintergrund. Früher war jemand einfach Marokkaner, Türke oder Hesse, heute verfügt er über einen Migrationshintergrund, der Hesse natürlich nicht. Meine Freundin Nini und ich stehen sprachlichen Neuerungen stets aufgeschlossen gegenüber – und sie regen uns immer zu hoch interessanten Gedanken an, insbesondere, wenn wir auf ein ganz neues Wort stoßen.

Ich gebe es zu: Meine Freundin Nini und ich frühstücken des Morgens gerne mal vor dem Fernseher, denn hinter dem Gerät ist es uns viel zu eng. Als wir eines Morgens wieder mal dem Magazin eines öffentlich-rechtlichen TV-Senders unsere Aufmerksamkeit zukommen ließen, in dem es um das Thema „Flüchtlinge" ging, hüpfte uns ein neues Wort ins Wohnzimmer: „Wir müssen mehr für die Menschen mit Flüchtlingshintergrund tun", sprach eine Sozialpädagogin ins Mikrofon des Berichterstatters. „Flüchtlingshintergrund", echote Nini. „Hast Du das gehört?" In der Tat war auch mir der Begriff nicht entgangen, obwohl ich mich aufgrund meines fortgeschrittenen Alters teilweise als Mensch mit leichtem Schwerhörigkeitshintergrund bezeichne. „Ich finde, dass es in Deutschland viel zu wenig Menschen mit Hintergründen gibt", monierte ich.

Nini hatte derweil den Fernseher leiser gestellt und schaltete sich flugs wieder in unser Gespräch ein. „Da stimme ich Dir zu." Zum Beispiel, so ihr weiterer Gedankengang, sei das Wort „Reiche" für viele mittlerweile schon fast ein Schimpfwort. „Warum wird hierbei nicht von Menschen mit monetärem Hintergrund gesprochen?", so ihre rhetorische Frage. Ich konnte ihr meine Zustimmung nicht versagen, was die hübscheste Frau diesseits des Universums dazu veranlasste, ihren grauen Zellen Dampf zu machen: „Warum wird eigentlich immer von Massentierhaltung gesprochen? Richtiger wäre es doch, wenn man von einem Betrieb mit tierischem Hintergrund im zahlenmäßig höherem Bereich sprechen würde."

„Apropos Tiere", ließ ich mich nunmehr vernehmen. „Ist es nicht diskriminierend, dass wir den tierischen Schöpfungsteilnehmern einen entsprechenden Hintergrund vorenthalten?"

„Richtig", trompetete Nini. „Die Ente zum Beispiel könnte somit zum Lebewesen mit Watschelhintergrund avancieren."

„Und einem Hummer müsste man als Lebensform mit meeresbewohnerischem Hintergrund und Scherenkompetenz bezeichnen", ergänzte ich. Nini hingegen stellte fachmännisch fest, dass ein Schwein zukünftig nicht mehr einfach als Schwein daherkommt, sondern als vierbeinige Lebensform mit Ringelschwanzhintergrund. „Und ein Faultier könnte man doch ganz einfach als vierbeinige Lebensform mit Inaktivitätshintergrund bezeichnen", führte Nini weiter aus.

Nach einem Tag mit arbeitsreichem Hintergrund fanden wir uns des Abends wieder in unserer Wohnung zusammen, um ein wenig Entspannung bei einer Fußballübertragung zu suchen und zu finden, Nini schaltete das Gerät mit audio-visuellem Hintergrund ein, wir fläzten uns in Möbel mit Sitzhintergrund – und schon waren wir mitten im Geschehen. „Der Bayernspieler mit stürmerischem Hintergrund umspielt zwei Spieler mit Verteidigerhintergrund und schießt auf das Konstrukt mit Netz- und Pfostenhintergrund – aber vorbei", war die Stimme des Reportes aus dem Fernseher zu vernehmen. „Wo ist der Ball jetzt?", fragte mich Nini. Doch bevor ich eine Antwort formulieren konnte, hatte bereits erneut der Reporter das Wort ergriffen. „Nun hat der Spieler mit Torwarthintergrund sich den Gegenstand mit Kugelhintergrund bereit gelegt und schießt ihn weit in die Spielhälfte mit gegnerischem Hintergrund – doch da bläst der Schiedsrichter in seinen Gegenstand mit pfeiferischen Hintergrund, das Spiel ist aus."

„Die Hintergründe sind deutlich in den Vordergrund gerückt worden", stellte ich fest, Nini ließ ihr Körperteil mit Gehirnhintergrund in ein Nicken verfallen, bevor es uns beide in unser Möbelstück mit Liegehintergrund trieb, wo wir uns zur Nachtruhe betteten. In meinem Traum erschien mir eine Sozialpädagogin mit weiblichem Hintergrund, sie hüpfte auf einem Platz mit fußballerischem Hintergrund herum, wobei ihr eine Lebensform mit meeresbewohnerischem Hintergrund und Scherenkompetenz in ihren Körperteil mit analem Hintergrund zwickte, während Lebewesen mit Watschelhintergrund ein Fußballspiel moderierten und in Pfeifen bliesen. Ich muss unbedingt herausbekommen, was der Hintergrund dieses Traumes ist.

Ein Knopf für die Bundeswehr

Das Beschaffungswesen der Bundeswehr ist in seiner Effizienz geradezu beispiellos. Wenn es für alle Streitkräfte der Welt zuständig wäre, wäre unser Planet eine absolut waffenfreie Zone – und die sogenannte Friedensbewegung arbeitslos. Nun ist das Beschaffungswesen erneut „tätig" geworden. Nein, es ging nicht um die Anschaffung von Schiffen oder Kampfhubschraubern, sondern um Hosenknöpfe. Genauer gesagt um Knöpfe organischen Ursprungs, also um Holzknöpfe. Und eigentlich ging es auch nur um einen einzigen Knopf.

Im Bundesverteidigungsministerium, genauer gesagt im dortigen Referat für die Anschaffung von Knöpfen aus organischem Material in rundlicher Form im Durschnitt von maximal vier Zentimetern, herrschte große Aufregung. „Die dritte Nachschubkompanie aus Altötting hat einen Knopf für die Hose eines Soldaten bestellt", meldete der Unterstaatssekretärsanwärter Kuno Knickmann seinem Vorgesetzten. „In welcher Farbe soll der Knopf sein?", fragte der Referatsleiter Paul Pfannenschläger. Knickmann machte sich kurz bei der Kompanie schlau. „Die Farbe ist egal", konnte er in Erfahrung bringen. „Die Farbe Egal gibt es nicht", konstatierte Pfannenschläger. Man benötige eine genaue Farbangabe nach DIN-Norm – und wenn es gehe auch ein Muster des gewünschten Knopfes. „Bitte formulieren Sie eine erneute Anfrage an die Kompanie, und zwar per Fax. Dieses senden Sie dann in Kopie per SMS an mich", ordnete Pfannenschläger an. „Wäre es nicht sicherer, das Fax auszudrucken und es per berittenem Boten an die Kompanie zu schicken? Dann bekommen die Russen garantiert nicht mit, welche Knöpfe wir potenziell im Einsatz haben", regte Knickmann an. So geschah es.

Die Antwort erfolgte prompt. Kompaniechef Helmut Hausregen bot an, ein Muster des gewünschten Knopfes per Fax zu schicken – er könne dafür sorgen, dass das Fax von einem Transportflugzeug über dem Verteidigungsministerium abgeworfen wird. Natürlich werde auch die aktuelle Verschlüsselungstechnologie berücksichtigt, deshalb werde das Fax vor dem Abwurf geschreddert.

Nachdem diese unkomplizierte Form der Nachrichtenübermittlung zur vollsten Zufriedenheit des Ministeriums durchgeführt wurde, benötigte man dort lediglich wenige Jahre für die Entschlüsselung. Mittlerweile hatten auch einige politische Parteien Wind davon bekommen, dass im Verteidigungsministerium eine brisante Knopf-Anschaffung geplant war, und sie formulierten nunmehr auch ihre Forderungen. Mark Knopfler, knopfpolitischer Sprecher der Grünen, bestand darauf, dass der anzuschaffende Knopf aus Bodenhaltung stammen müsse. SPD und Linke forderten, dass in der Herstellerfirma des Knopfes mindestens 73,68 Prozent der Mitarbeiter in der Gewerkschaft sein müssten, ein Fünftel davon müsse zudem über einen Migrationshintergrund verfügen. Auch die CDU meldete sich zu Wort, sie wollte erst mal wissen, was genau eigentlich ein Knopf ist und forderte zur Klärung dieser Frage umfangreiches Bildmaterial an. Auch Dr. Amalie Krötenkraut, Gleichstellungsbeauftragte im Ministerium, ließ es sich nicht nehmen, eine Stellungnahme zum geplanten Rüstungsvorhaben zu formulieren. „Der anzuschaffende Knopf muss geschlechtsneutral sein, damit er im Notfall auch von Soldatinnen sowie von Soldaten, die sich keinem Geschlecht zuordnen können, verwendet werden kann – und zwar auch bei schlechtem Wetter", gab sie zu Protokoll.

Knickmann oblag es nun, die Positionen der Parteien und der hochgeschätzten Gleichstellungsbeauftragten bei der Anschaffung des Knopfes zu berücksichtigen. „Wir brauchen also einen Knopf, der zu 73,68 Prozent aus Bodenhaltung kommt, Mitglied in der Gewerkschaft ist und sich bei Regen, Schnee sowie bei Temperaturen über 40 Grad im Schatten geschlechtsneutral verhält", fasste er zusammen. Die Suche nach einem derartigen Wunderwerk nahm weitere Jahre in Anspruch… und wurde plötzlich vom Kompaniechef Hausregen unterbrochen: „Hiermit widerrufe ich die Anschaffung des Knopfes, der Soldat, für dessen Uniform der Knopf gebraucht wurde, befindet sich nunmehr in Rente. Bitte schicken Sie uns stattdessen einen Kampfpanzer."

Knickmann wusste selbstredend, dass die Vorgaben, die von Politik und Gleichstellungsbeauftragter bezüglich des Knopfes formuliert worden waren, auch für den Panzer Geltung hatten. Aber wie macht man einen Panzer geschlechtsneutral? Kein Problem, die Gleichstellungsbeauftragte Krötenkraut wusste Rat. „Die Kanone ist ein Phallussymbol und muss abmontiert werden. Die Tanköffnung hingegen symbolisiert die weibliche Vagina und sollte somit nicht vorhanden sein."

Knickmann machte sich nun auf die Suche nach einer Firma, die einen derartig außergewöhnlichen Panzer herstellen kann. Und zu seiner großen Freude wurde er fündig. Der Spielzeughersteller Lego erklärte ich bereit, entsprechende Panzer in unbegrenzter Stückzahl an die Bundeswehr zu liefern.

Ohne Datenschutz ist alles nichts

Der EU ist wieder mal ein großer Wurf gelungen: Im Mai 2018 trat die Datenschutz-Grundverordnung in Kraft. Sie hat lediglich elf Kapitel und übersichtliche 99 Artikel, die alles Wesentliche regeln. Auf meine Freundin Nini übte die Verordnung einen großen Reiz aus – jedoch veränderte das Regelwerk unser Zusammenleben ein wenig.

Das morgendliche Frühstück mit meiner Freundin Nini ist immer eine herzerfrischende Angelegenheit. Sie sprüht vor Ideen und lässt es sich auch nicht nehmen, einen mit selbigen unaufgefordert und emsig zu konfrontieren. „Wir haben das Thema Datenschutz in unserer Beziehung viel zu lange nachlässig behandelt", informierte sie mich eines Morgens. „Hast Du eigentlich noch das Foto von mir in Deiner Brieftasche?" Natürlich trug ich ihr Bild immer bei mir. „Gibst Du es mir mal?" Ich reichte es ihr herüber und wurde Zeuge, wie die schönste Frau diesseits des Universums in Sachen Datenschutz einen bemerkenswerten Schritt nach vorne ging: Sie reichte mir das Bild zurück, jedoch hatte sie einen schwarzen Balken über die Augenpartie gemalt.

Diese ihre Handlung rief nun auch in mir den Wunsch hervor, in Sachen Datenschutz deutlich sensibler zu werden. Damit Nini nicht sehen konnte, wie viel Marmelade ich auf mein Brötchen schaufelte, errichtete ich mittels der Zeitung einen Sicht-schutz, den ich zwischen uns auf dem Tisch platzier-te. „Ich kann aber Deine Eier noch sehen", hörte ich von der anderen Seite des Tisches.

„Bitte was???"

„Nein, nicht die, sondern die, die Du noch essen willst", so Nini. Um diesen Umstand abzuhelfen, entschloss ich mich, sofort mehrere Zeitungsabos abzuschließen. Überdies erkundigte ich mich bei einem Baumarkt nach dem aktuellen Preis für ein Dutzend Ziegelsteine.

Als ich des Abends im Wohnzimmer die Tages-schau rezipieren wollte, staunte ich nicht schlecht: Nini hatte die Position des Fernsehers geringfügig geändert, sodass die Mattscheibe zur Wand zeigte. Sie hatte sich in den Spalt zwischen Wand und Mo-nitor gezwängt und verfolgte irgendeine Sendung. „Was ich sehe, geht Dich nichts an", ließ sie mich noch wissen, bevor sie sich einen Kopfhörer aufsetz-te. Datenschutz eben. Da gemeinsames Fernsehen offensichtlich nicht mehr erwünscht war, kaufte ich mir ein eigenes TV-Gerät. Ich platzierte es ebenfalls im Wohnzimmer – jedoch in einem winzigen, selbst gezimmerten Holzhäuschen, dessen Tür ich mit ei-nem 20-stelligen Nummernschloss sicherte. Der Fernsehgenuss war nun zwar ein wenig einge-schränkt, aber ich lasse mir in Sachen Datenschutz von meiner Freundin nicht einfach etwas vorma-chen. Obendrein schaltete ich beim Fernsehen Bild und Ton aus und griff zu einem guten Buch, wobei ich peinlichst darauf achtete, dass Nini den Buchtitel nicht zu Gesicht bekam.

Unsere Aktivitäten gestalteten sich jetzt völlig anders. Das Kochen zum Beispiel: Wir kochten zwar noch gemeinsam, aber ich durfte nicht mehr sehen, welche Zutaten Nini in Töpfe und Pfannen warf. Lediglich das Anstellen der Herdplatten blieb mir vorbehalten. Das fertige Essen verputzte Nini dann alleine – meine Portion überantwortete sie dem Mülleimer. Übrigens befanden sich in unserem Haus jetzt zwei Mülleimer, und Nini verbot mir strengstens, einen Blick in den ihren zu werfen.

Als ich eines Morgens das Badezimmer aufsuchen wollte, stellte sich dieses Vorhaben als nur schwer durchführbar heraus. Nini hatte das Zimmer weiträumig mit Stellgittern abgesperrt, damit ich nicht feststellen konnte, wie lange sie sich dort aufhielt. Als sie mir dann nach ihrem dortigen Aufenthalt Zutritt gewährte, konnte ich zur Kenntnis nehmen, dass sie einen Schrank für ihre Deos, Parfüms, Schminksachen und alles weitere installiert hatte – einen Schrank, der das Badezimmer so ausfüllte, dass wir ein zweites bauen mussten. In das durfte ich dann aber auch nicht hinein. Der Gang ins gemeinsame Schlafzimmer war übrigens für mich schon lange tabu, da Nini um ihren Kleiderschrank einen Minengürtel gelegt und vorsichtshalber auch noch eine Selbstschussanlage installiert hatte. Unserer gemeinsamen sprechenden Waage hatte sie obendrein verboten, sich mit mir zu unterhalten.

„Es muss sich etwas in unserem Zusammenleben ändern", sprach ich eines Abends zu Nini.

„Du hast recht, so geht es nicht weiter", war von ihr zu hören. „Wir müssen den Datenschutz noch konsequenter betreiben", fuhr sie fort. „Deshalb habe ich beschlossen, in das leer stehende Haus schräg gegenüber zu ziehen." Ich merkte an, dass das für unsere Beziehung nicht unbedingt förderlich sei, aber Nini wies mich zurecht, dass es nicht um unsere Beziehung, sondern um Datenschutz gehe.

So geschah es also. Wir lebten alleine, jeder für sich. Eines Tages erhielten wir beide Post: Wir waren zu den Datenschützern des Jahrhunderts erklärt worden. Jedoch wurde in den Schreiben darauf hingewiesen, dass man uns nicht mitteilen könne, wer uns diese Auszeichnung zugesprochen hat... und zwar aus Datenschutzgründen.

Töpfchen mit Feinstaubplakette

Verschiedene grüne Kreisverbände in Berlin haben im April 2018 gefordert, die Stadt babygerechter zu machen. Deshalb sollen Restaurants und Kneipen mit einer Fläche von 50 Quadratmetern einen Wickeltisch bereithalten – nebst „angemessener Beleuchtung und säuglingsgerechter Temperierung". Größere Restaurants sollen zwei Wickeltische bekommen – und zwar in einem „sanitären Multifunktionsraum" ohne Geschlechtertrennung, wie es in dem Antrag der Partei formuliert war. Doch das war erst der Anfang in Sachen Babyfreundlichkeit. Einer kleinen, dreiköpfigen Gruppe der Berliner Grünen war es vorbehalten, das Thema differenziert aufzuarbeiten, es auszuweiten und es schlussendlich einer brillanten Vollendung zuzuführen.

W ir haben noch gar nicht über die Qualität der Wickeltische diskutiert", sprach Agatha Schimp-Schellenbaum bei der Sitzung einen heiklen Punkt an. „Richtig, die Tische sollten nämlich auf jeden Fall biologisch abbaubar sein", forderte ihre Kollegin Dorothea Mausgruber-Hanebüchen. „Ich glaube, ich habe da was", ließ sich nun der Dritte im Bunde, Klaus-Helge Tortenschläger, vernehmen. „In Indien bauen sie Tische aus Bambus und Kuhdung. Das würde doch hervorragend passen."

„Oh, wie zauberhaft", rief Schimp-Schellenbaum aus. „Das wären dann ja sogar Wickeltische mit Migrationshintergrund", freute sie sich. Die drei beschlossen, dass die Restaurantbesitzer verpflichtet werden, ausschließlich diese Tische zu kaufen und aufzustellen. Obendrein regte sie an, auch in den letzten verbliebenen Berliner Telefonzellen mindestens zwei Wickeltische aufzustellen – ebenso wie in sämtlichen Bordellen und U-Bahnstationen. Ein Vorschlag, der sich sofort 100 Prozent Zustimmung erfreute. „Vielleicht könnten wir auch noch durchsetzen, dass auf der Internationalen Raumstation Wickeltische installiert werden. Mindestens fünf", forderte Tortenschläger.

Nach diesem kleinen Ausflug in galaktische Gefilde gelang es den drei, wieder den geradezu unhaltbaren Zuständen auf ihrem Heimatplaneten ihre vollste Aufmerksamkeit zukommen zu lassen. „Um Windeln waschen zu können, muss in jeder Gaststätte auch eine Waschmaschine aus Freilandhaltung stehen", merkte Mausgruber-Hanebüchen an. „Aber eine geschlechtsneutrale Waschmaschine", ergänzte Schimp-Schellenbaum. „Genau", ließ sich jetzt auch Tortenschläger vernehmen, „Mit Biogas-Antrieb. Das dürfte kein Problem sein, denn Babys pupsen ja bekanntlich auch viel."

Nachdem das Antriebsproblem der geschlechtsneutralen Waschmaschine eine Lösung zugeführt worden war, warteten andere Probleme darauf, den gleichen Weg gehen zu können. „Wo sollen die Mütterinnen und Mütter sowie die Väterinnen und Väter denn die Kinderwagen abstellen?", fragte sich Tortenschläger. Nach einer mehrstündigen Diskussion einigten sich die drei Babyaktivisten auf die

Idee, dass jede Gaststätte in Zukunft im Gastraum entsprechende Stellplätze zur Verfügung stellen müsse. Jedoch müsse bei der Benutzung der Kinderwagen ein Tempolimit gelten.

Wer jetzt glaubt, dass die Babybeglücker ihr Werk vollbracht hatten, ist jedoch schief gewickelt. Mausgruber-Hanebüchen gelang es nämlich mühelos, einen weiteren Aspekt aufzublasen und zur Diskussion zu stellen: „Schaukelpferde."

„Bitte was?", fragte Schimp-Schellenbaum.

„Schaukelpferde", wiederholte Mausgruber-Hanebüchen. „Auch Schaukelpferde gehören zu einer babygerechten Gaststättenausstattung."

„Ich verlange aber, dass die Schaukelpferde nicht mit Diesel angetrieben werden", forderte Schimp-Schellenbaum. „Und sie müssen mindestens eine grüne Umweltplakette haben", fuhr sie fort.

„Wer, die Babys?", fragte nun plötzlich Tortenschläger, der kurzzeitig eingenickt war und sich deshalb nicht auf der Höhe der Diskussion befand. „Nein, die Kinderwagen", erwiderte Schimp-Schellenbaum zickig. „Aber erst nach 22 Uhr", fügte sie noch hämisch hinzu. Tortenschläger dachte kurz über diese Äußerungen nach und fand sie durchaus vernünftig. Deshalb wollte er nicht hintan stehen und einen ebenso vernünftigen Vorschlag einbringen. „Wir müssen auch festschreiben, dass in jeder Gaststätte ein geschlechtsneutral zugängliches Töpfchen aufgestellt werden muss."

„Genau", sprang ihm Mausgruber-Hanebüchen bei. „Und um die Hinterlassenschaften des Atom-

ausstiegs sinnvoll zu verwenden, könnten die Töpfchen ja aus Uran sein. Dann würden die Babys
leuchten, und man wüsste immer, wo sie sind, wenn
sie mal ausbüxen, die kleinen Racker."

Es war Tortenschläger vorbehalten, die babypoliti-
schen Anpassungsmaßnahmen mit einem finalen
intellektuellen Feuerwerk abzuschließen: „Wir for-
dern die komplette babygerechte Einrichtung von
Gaststätten und öffentlichen Einrichtungen. Das
betrifft alle Einrichtungsgegenstände und ist sofort
umzusetzen. Amen."

Und so ward es beschlossen. Die Folgen dieser
Forderung betrafen selbstredend auch das Berliner
Parlament. Die Abgeordneten begrüßten zwar den
babygerechten Umbau, „weil dieser das intellektuel-
le Niveau des Hauses eindrucksvoll visualisiert und
darstellt", wie es in einer Pressemitteiling hieß. Bei
der Umsetzung dieses Vorhabens kam es allerdings
versehentlich zu einigen revolutionären Neuerungen, die aber letzten Endes nur Details betrafen: So
fand sich anstelle des Rednerpults ein geschlechter-
gerechtes Töpfchen mit Feinstaubplakette, und der
Stuhl des Regierenden Bürgermeisters war durch
ein Schaukelpferdchen mit Elektroantrieb ersetzt
worden. Der sogenannte Bürgermeister beschwerte
sich jedoch, dass das Schaukelpferdchen zu hoch sei
und er nicht drauf komme.

So geht Landesverteidigung

Man kann die deutsche Grenze nicht sichern und über-
wachen – das war der Tenor von Bundeskanzlerin Angela
Merkel und Co. während der Flüchtlingskrise in den Jah-
ren 2015 und 2016. Das hieße im Umkehrschluss, dass
eine feindliche Armee jederzeit und ungestört in Deutsch-
land einmarschieren könnte. Stimmt das aber wirklich?
Natürlich nicht, denn Deutschland hätte in einem sol-
chen Fall zwei Waffen, gegen die keine Arme der Welt
ankäme.

Die russische Armee hatte gerade mit rund 50
000 Soldaten und zahlreichen Panzern sowie
Panzerhaubitzen die deutsche Grenze über-
schritten. Nur ein paar Meter dahinter stießen die
Soldaten auf ein kleines Häuschen, in dem Helmut
Himmelheber, ein Grenzschützer der Bundespolizei,
seinen Dienst versah. An die Wand hatte der Beamte
ein mit Acrylfarben gemaltes Bild seiner bayerischen
Heimat gehängt. Himmelheber staunte nicht
schlecht, als General Kalaschnikov mit ein paar weiteren Soldaten die Tür seines Häuschens eintrat und
kundtat, dass er nun Deutschland erobern wolle.
Doch dann nahm dieses Vorhaben eine verblüffende
Wendung: Ein Soldat zeigte auf das an der Wand
hängende Bild und rief: „Acryl." Himmelheber jedoch verstand vor lauter Aufregung „Asyl". Ein
simpler Verständnisfehler, der Deutschland jedoch

zunächst vor der Eroberung durch die Russen rettete.

„Ach, Sie wollen Asyl. Kein Problem", freute sich Himmelheber und verteilte die entsprechenden Formulare.

„Nix Asyl. Wir wollen erobern Land"", rief Kalaschnikov.

„Das geht jetzt aber nicht".

„Warum nicht gehen?"

„Solange Sie im Asylverfahren sind, dürfen Sie nicht arbeiten", erklärte Himmelheber dienstbeflissen eine Besonderheit des deutschen Asylrechts.

„Aber ist mein Job, zu erobern Land."

„Das ist Ihnen aber jetzt verboten. Bitte füllen Sie diesen Asylantrag aus."

Kalaschnikov war ein wenig konsterniert, wagte es aber nicht, dem diensthabenden Beamten zu widersprechen. Dieser wiederum ließ es sich nicht nehmen, nun emsig in die Feinheiten des Asylverfahrens einzusteigen. „Haben Sie Waffen dabei?"

„Ja, natürlich. Maschinengewehr, Sturmgewehr, Pistole, Messer. Alles mögliche."

„Waffenbesitz ist in Deutschland verboten", erklärte Himmelheber.

„Aber ist unser Arbeitsmaterial."

„Nun, arbeiten dürfen Sie ja nicht. Ich schlage vor, dass Sie die Waffen abgeben, bis Ihr Asylantrag entschieden ist. Wenn Sie als Asylbewerber anerkannt werden, können Sie Ihr Arbeitsmaterial wiederbekommen. Es ist ja schließlich Ihr Eigentum."

„Aber was wir machen mit unseren Panzern und Geschützen?", wollte Kalaschnikov wissen.

„Wollen die Panzer denn auch Asyl haben?"

„Muss ich klären."

Kalaschnikov setzte sich mit seinen Panzern und Soldaten ins Benehmen, schlussendlich entschieden sich die Kettenfahrzeuge auch für das Asyl, lediglich eine Panzerhaubitze wollte lieber zurück und setzte sich im Folgenden gen Osten in Gang. Nachdem jetzt alles geklärt war, erklärte Himmelheber das weitere Procedere. „Sie und Ihre Leute sowie die Panzer und Geschütze werden nun nach Bremen gebracht. Dort wird das Bundesamt für Migration und Flüchtlinge, in Deutschland auch gerne BAMF genannt, sich weiter um Ihre Anträge kümmern."

In Bremen angekommen, wurden die Asylbewerber gleich mit der geballten Kompetenz des Bremer BAMF konfrontiert. „Ah, Sie sind die neuen syrischen Asylbewerber?", begrüßte Amtsleiterin Henriette Hundertschön die Russen. „Nein, wir sind Russen", erklärte Kalaschnikov. „Ach, syrische Russen?"

„Nein, russische Russen."

Hundertschön war ob dieser Konversation intellektuell leicht überfordert, deshalb schrieb sie in ihr Formular: Bei den Antragstellern handelt es sich um russische Syrer ostfriesischer Abstammung. „Sind Sie denn in Ihrem Heimatland von staatlichen Organen verfolgt worden?", wollte sie nun wissen.

„Bin mal mit Auto gefahren, da war Polizei hinter mir her", erinnerte sich Kalaschnikov.

„Aha, und warum war die Polizei hinter Ihnen her?"

„Ich glaube, ich zu schnell." Hundertschön machte erneut einen Eintrag ins Formular: Der Antragsteller wurde in seinem Heimatland von der Polizei verfolgt – und zwar wegen seines Glaubens, er glaubte nämlich, dass er zu schnell war. „Sind Sie denn auch diskriminiert worden?"

„Ja, ich wollte Frauenbeauftragter werden, durfte aber nicht."

„Ein lupenreiner Fall von Diskriminierung", merkte Hundertschön an. „Wurden Sie denn auch gefoltert?"

„Nun, pfff, habe immer russisches Staatsfernsehen gesehen." Hundertschön notierte: schwere Folterungen.

Das dann folgende Asylverfahren wurde zügig durchgeführt, und natürlich wurde allen der Asylstatus zugesprochen. Das führte dazu, dass den Asylanten ihre Arbeitsmittel, also ihre Waffen, wieder ausgehändigt wurden, damit sie nunmehr ihrem erlernten Beruf nachgehen konnten. Kalaschnikov wollte sich sofort ans Werk machen und zunächst Bremen erobern. Er trat hinaus auf die Straße, nahm selbige in Augenschein... und war überrascht, ein mit Schlaglöchern übersätes Bauwerk vorzufinden. Er trat an eines heran, in dem sich bereits eine 10 000-köpfige Froschkolonie häuslich eingerichtete hatte, in einem anderen entdeckte er ein komplett eingerichtetes Schwimmbad. „Das kann ich meinen Panzern wirklich nicht zumuten", murmelte er. „Sie sind ja nicht mal vollkaskoversichert." Kalaschnikov blies das Vorhaben also ab.

Die Bundesregierung in Berlin nahm diese Handlung mit überaus großem Interesse zur Kenntnis und traf prompt Entscheidungen: Das Asylverfahren sollte zukünftig 30 Jahre in Anspruch nehmen. Die Bundeswehr wurde abgeschafft, der Etat zur Instandhaltung der Straßen ebenfalls. „Kaputte Straßen sind das beste Mittel zur Landesverteidigung – und auch das preisgünstigste", stellte die sogenannte Verteidigungsministerin Ursula von der Leyen bei der Präsentation des neuen Verteidigungskonzepts fest, griff zum Presslufthammer und fertigte unter den Augen der Pressevertreter eine wunderschöne Schneise in der Fahrbahn der Autobahn 1 zwischen Hamburg und Köln an.

Kein Zutritt ohne Haube

Als ich meine Freundin Nini kennen gelernt hatte, sprach ich zu ihr: „Lass uns zusammen alt werden." „Aber Du bist doch schon alt", antwortete sie und zog bei mir ein. Aber selbst im Alter kann man noch neue Leidenschaften entdecken. Nini und ich sind dafür der beste Beweis. Dabei fing alles ganz harmlos an.

Eines Abends suchten Nini und ich mal wieder ein Restaurant auf, um die eigene Küche zu schonen, Haushaltsgeräte sind schließlich teuer. Am Nebentisch hatte sich eine Familie mit zwei Kindern platziert – und der Nachwuchs dürstete nach Bespaßung, weshalb die Erziehungsberechtigten die Wartezeit mit dem schönen Ratespiel „Mein Tier ist…" zu überbrücken versuchten. „Mein Tier ist eher klein, plustert sich gern auf und macht Krach", eröffnete der Vater das Rätselraten. Da die lieben Kleinen nicht sofort mit einer Antwort aufwarten konnten, fühlte sich Nini bemüßigt, schnell und unaufgefordert eine selbige zu formulieren. „Dieter Bohlen", rief sie in Richtung Nachbartisch. Dort nahm man ihr beherztes Eingreifen mit einer säuerlichen Miene zu Kenntnis. „Nein, ich meinte einen Ochsenfrosch", informierte uns der männliche Erziehungsberechtigte, die beiden Kleinen beschwerten sich hingegen lautstark, dass sie keinen Bohlenfrosch kennen würden und Nini das Spiel gefälligst nicht verderben solle.

„Mein Tier ist bunt, kann manchmal sprechen und auch sehr nervig sein", formulierte nun die Mutter am Nachbartisch ein neues Rätsel. Wieder gelang es Nini nicht, ihre inneren Pferde im Zaum zu halten. „Claudia Roth", rief sie aus – musste sich aber dann von der Erziehungsberechtigten belehren lassen, dass lediglich ein amphetaminsüchtiger Papagei gemeint gewesen sei.

Dieses kleine Erlebnis im Restaurant zeitigte enorme Folgen, schon am nächsten Morgen hatte sich Nini die Welt des Quiz' zu Eigen gemacht. Mittels einer Handy-App sorgte sie nunmehr dafür, dass das Wort „Langeweile" für uns mehr und mehr zu einem Fremdwort avancierte. „Über wie viele Hauben verfügt ein Haubentaucher?", richtete sie gleich des Morgens am Frühstückstisch eine Frage an mich. Da ich im Allgemeinen nur wenig Kontakt zu Haubentauchern pflege, konnte ich zunächst keine zufriedenstellende Antwort formulieren; Nini jedoch hatte flugs nachgeladen: „Wie oft wackelt ein Nilpferd pro Stunde mit den Ohren?" Wieder war ich ratlos, jedoch rief die Frage gewissen Fragen meinerseits hervor: „Kann eigentlich ein Nilpferd auch mal die Haube eines Haubentauchers aufsetzen?"

„Nur wenn sie gewaschen ist."

„Womit waschen eigentlich Haubentaucher ihre Hauben?", begehrte ich nun zu wissen.

„Das weiß ich nicht, da müsste man die Tiere einfach mal fragen", so Nini. „Wie viele Nilpferde passen wohl in die Haube eines Haubentauchers?", richte ich erneut eine Frage an die schönste Frau diesseits des Universums.

Nini jedoch hatte schon eine neue Frage aus ihrem Handy hervorgezaubert und ignorierte die Nildpferd- und Haubentaucherproblematik. „Wo liegen die Balearischen Inseln?", las sie stattdessen vom Display ab.

„Im Wasser", antwortete ich.

Mittlerweile hatte auch ich mir eine Quiz-App aufs Handy geladen und begann nun, meinerseits Fragen an Nini zu richten. „Mit wie viel Bar Druck pupst eine Ente an ungeraden Tagen?" Von Nini war keine Antwort zu hören, offensichtlich kannte sie sich mit Enten nicht so gut aus. Deshalb versuchte ich eine andere Frage: „Warum gucken Pandabären immer so treu-doof?" Eine richtige Antwort bekam ich nicht, aber Nini konnte zu der Frage durchaus eine Stellungnahme abgeben: „Wenn sie eine Haube über dem Kopf tragen würden, würde man das dumme Geglotze wenigstens nicht sehen." Ich probierte es mit einem anderen Wissensgebiet: „Wie hoch ist die Zugspitze?"

„Mit Pandabären oben drauf oder ohne?"

„Pandabären dürfen doch gar nicht auf die Zugspitze."

„Das finde ich diskriminierend!"

„Darum geht es doch jetzt gar nicht", insistierte ich.

„Man könnte doch die Pandas auf den Berg lassen, wenn sie eine Haube tragen würden", sinnierte Nini.

Ich kapitulierte. Nini indes hatte aus ihrer App eine neue Frage hervorgezaubert. „Wie viele Seegurken kann ein Känguru in seinem Beutel transportieren?" Ich erlaubte mir anzumerken, dass Seegurken in der Regel gar keinen Kontakt zu Kängurus pflegen und dass die Lebensräume der beiden Tierarten auch sehr weit auseinander lägen. „Zudem", ergänzte ich, „würde kein bei Verstand seiendes Känguru einer Seegurke einen Platz in seinem Beutel gewähren, es sei denn, die Seegurke ist zuvor von einem Waschbären gewissenhaft gewaschen worden. Außerdem wird Seegurken durch das Gehoppse schlecht." Es kam, wie es kommen musste. „Und was ist, wenn die Seegurken eine Haube…"

„Nein", brüllte ich, „Seegurken tragen aus Prinzip keine Haube! Sie lehnen es ab, Hauben zu tragen. Keine vernünftige Seegurke wird jemals eine Haube tragen."

„Und wenn sie sich eine Burka anziehen?"

„Seegurken sind doch keine Muslime."

„Aber es kann doch auch muslimische Seegurken geben."

„Selbst wenn, würden sie niemals mit einem Känguru durch die Gegend springen. Seegurken akzeptieren den hüpfenden Transport grundsätzlich nicht."

Stille. Ruhe. Offensichtlich hatte ich Nini mit meinem profunden Wissen über die Befindlichkeiten von Seegurken tief beeindruckt. Das einzige, das zu hören war, war ein Knistern, welches immer lauter wurde und sich zu einem beeindruckenden Rauschen steigerte, der starke Geruch von Rauch tat das Übrige... ein Feuer hatte sich in unserer Küche ausgebreitet und schickte sich an, auch den Rest des Hauses zu übernehmen. Wir flüchteten auf die Straße, wo wir auch schon einigen Feuerwehrautos ansichtig wurden. Nini ließ es sich nicht nehmen, zu einem Feuerwehrmann, der sich bereits mit großer Hingabe der Bekämpfung des Brandes widmete, Kontakt aufzunehmen. „Wie viele Pandabären passen in einen Feuerwehrwagen?", wollte sie von dem guten Mann wissen. Er runzelte die Stirn, legte seinen Schlauch beiseite und rief seine Kollegen zusammen, auf dass man gemeinsam diese schwere Frage beantworten konnte. Derweil brannte unser Haus in aller Ruhe bis auf die Grundmauern ab.

Unserer Behausung beraubt, bauten Nini und ich im Garten ein Baumhaus, in dem wir fortan unser Dasein fristeten, wenig später zogen auch ein paar Pandabären sowie eine Seegurke ein. Eines Tages wollten wir alle zusammen die Zugspitze besuchen, den Pandas wurde jedoch schon der Zutritt zur Seilbahn verwehrt – die Seegurke durfte mit, sie musste sich aber eine Haube aufsetzen.

Bahnbrechende Nachrichten

Der öffentlich-rechtliche Rundfunk in Deutschland ge-
hört zu den teuersten Rundfunksystemen der Welt. Rund
acht Milliarden Euro pro Jahr müssen die Bundesbürger
aufbringen, um das System am Laufen zu halten. Aber
dafür werden sie auch immer wieder mit Nachrichten
beglückt, denen eine geradezu bahnbrechende Recherche-
arbeit zugrunde liegt und die Ihresgleichen suchen. So
konnte der interessierte Hörer zu Beginn des Jahres 2020
in den Radio Bremen-Hörfunknachrichten zum Beispiel
zur Kenntnis nehmen, dass die Bürger in Niedersachsen
am meisten Biomüll sammeln. Keine Frage, das ist eine
Information, ohne die keine Demokratie funktioniert, und
die jeder Bürger kennen und verinnerlichen sollte. Aber
es kommt noch besser.

Wenn Redakteure des öffentlich-rechtlichen
Rundfunks Nachrichten auswählen, dann
tun sie das mit einer Kompetenz, die
ihnen gottgegeben innewohnt, und über deren Vor-
handensein sie sich oft genug selbst wundern. Manche sind sogar der Ansicht, dass sie eine menschge-
wordene Überleitung zwischen sich und dem lieben
Gott seien, so dass zweifelsohne immer die absolute
und unumstößliche Wahrheit aus ihnen spricht. Zu
dieser Spezies gehörten auch Manuel Mausrenner
und Mauritius Morgenei, zwei Nachrichtenredak-
teure, die sich im News-Room von Radio Bremen
eingefunden hatten, um die nächste Nachrichten-
sendung vorzubereiten.

„Hier", rief Morgenei nach einem Blick auf das Nachrichtenangebot, welches seine überaus begabten Mitarbeiter zusammengetragen hatten. „Das ist mal eine Neuigkeit mit gesellschaftlicher Relevanz und Tiefgang: ,Die meisten rosafarbenen Toilettensteine finden sich in öffentlichen Bedürfnisreinrichtungen südlich von Wanne-Eickel. Blaue Toilettensteine für randlose Toiletten werden von 38,9 Prozent der verbleibenden SPD-Wählern abgelehnt. Toilettenpolitische Beobachter vermuten, dass dies daran liegt, dass randlose Toiletten eher von CDU-Wählern bevorzugt werden'".

„Klasse", freute sich Mausrenner. „Toilettenpolitische Themen sind immer interessant, denn Stuhlgangspflege betrifft alle Menschen. Wie viele randlose Toiletten gibt es eigentlich in Deutschland?"

„Keine Ahnung."

„Aber das ist doch interessant, denn man kann sich doch nicht auf eine randlose Toilette setzen – eben weil kann Rand da ist. Man würde also gleich ins Becken fallen", entwickelte Mausrenner seine Gedanken. „Du musst Dich ja auch nicht hinsetzen, weil Du im Stehen pinkeln kannst", entgegnete Morgenei. „Ja, aber Frauen nicht, und es soll ja auch Frauen geben, jedenfalls laut Wikipedia."

Mausrenner ignorierte die kritischen Fragen seines Kollegen. Er vertrat die Ansicht, dass es zwar kritische Journalisten geben sollte, aber bei gewissen Themen eben nicht. Zum Beispiel bei randlosen Toiletten. Stattdessen zauberte er eine bahnbrechende Erkenntnis aus dem Wust des Nachrichtenmaterials.

„34 Prozent der Bürger leben in Einbahnstraßen, die zu 59 Prozent von Ost nach Nord führen. Vier Prozent dieser Bürger haben Zahnfüllungen, die mehr als zehn Jahre alt sind, wie der Verband der Einbahnstraßeninteressengemeinschaften mitteilt." Kollege Mausrenner war wegen der unglaublichen Brisanz der Neuigkeit ein wenig weggedöst, jedoch fand sein messerscharfer Verstand schnell wieder den Weg ins aktuelle Geschehen. „Äh, wer ist mehr als zehn Jahre alt? Die randlosen, blauen Toilettensteine in den Zahnfüllungen oder die Einbahnstraßen?"

„Die Einbahnstraßen", schrie Morgenei und wies seinen Kollegen an, ein wenig mehr Aufmerksamkeit an den Tag zu legen, schließlich sei man hier beim öffentlich-rechtlichen Rundfunk und dort werde jeden Tag die absolute Wahrheit gesendet – und nichts als die Wahrheit, so wahr der Intendant helfe.

Morgenei nahm sich dieses Statement sofort zu Herzen und wartete nun seinerseits mit einer Meldung auf, die die Hörer in eine neue Dimension des Bewusstseins befördern sollte. „Hier, das ist hoch interessant: 83 Prozent der deutschen Weihnachtsbäume sind in diesem Jahr mit Lichterketten geschmückt worden. Rund zwei Drittel der Lichterketten wurden laut einer Studie des Deutschen Instituts für interdisziplinäre Beleuchtungsforschung in Uganda von Menschen hergestellt, die im Sternzeichen Krebs geboren worden sind und ihre Bereitschaft erklärt haben, im Winter Igel aufzunehmen, die mehr als 400 Stacheln haben, um ihnen den Winterschlaf zu ermöglichen."

Mausrenner musste kurz darüber sinnieren, ob diese Nachricht es wirklich wert war, im heiligen öffentlich-rechtlichen Rundfunk publiziert zu werden, aber schon nach 0,2 Sekunden war er sich sicher, dass dem so sei. „Phänomenal", entfuhr es ihm, „darüber werden sich die Hörerinnen und Hörer sowie die Lebensformen, die sich keinem Geschlecht zuordnen können oder wollen, enorm freuen – besonders über den Part mit den Igeln aus Uganda, die Krebse in Lichterketten einwickeln, um sie dann für 400 Euro zu verkaufen. Klasse, gaaaaaanz toll!!!"

Morgenei hatte den nicht ganz unmaßgeblichen Eindruck gewonnen, dass sein Kollege da irgendetwas missverstanden hatte, aber was es genau war, konnte er auch gerade nicht näher benennen. Jedoch hatte er auch gar keine Zeit, um diese Problematik weiter in seinem sogenannten Kopf zu durchdringen, denn nun hatte Mausrenner seinen intellektuellen Nachbrenner eingeschaltet und aus der Fülle der eingegangenen Nachrichten einen wahren Brillanten herausdestilliert. „Hör' Dir das an: In Bayern wird am häufigsten Bayrisch gesprochen. Das haben Sprachwissenschaftler der Universität Sylt herausgefunden. In Sachsen hingegen wird der bayerische Dialekt nur selten genutzt, in ländlichen Gebieten sogar gar nicht. Dort sei eher Sächsisch zu hören, besonders im Winter. In Castrop-Rauxel hingegen werde zu keiner Jahreszeit Bayrisch, Sächsisch oder

Suaheli gesprochen, so ein Sprecher der Uni Sylt. Gleichzeitig betonte der Sprecher, dass die Bürger auf Sylt gar nicht mehr sprechen würden, weil sie aufgrund der Erkenntnisse der Sylter Universität absolut sprachlos seien."

In diesem bedeutungsschwangeren Moment betrat Warnfried Wunzenbrenner, seines Zeichens Chefredakteur der Nachrichtenredaktion, den Raum. Wunzenbrenner, der geradezu über einen Nachrichtenriecher verfügte, um den ihn zumindest alle Praktikanten beneideten, wenn sie denn die Zeit dazu fanden, präsentierte den beiden Nachrichtenprofis nunmehr eine Meldung, die selbige wohl übersehen hatten. „Liebe Kollegen, das hier ist Ihnen ja wohl offensichtlich durchgerutscht. ‚Die Leuchtkraft aller in Deutschland genutzten Glühbirnen erreicht zusammengenommen etwa 0,000063 Prozent der Leuchtleistung der Sonne. Das ist das Ergebnis einer Studie der Internationalen Gesellschaft für Glühbirnensoziologie. Die Sonne hat sich zu der Studie noch nicht geäußert.' Wie konnten Sie eine derartig wichtige Meldung übersehen?", donnerte er.

Mausrenner hatte sich ob des Unmutes des Chefredakteurs unter dem Tisch verkrochen und versuchte fortan, von dort aus die Füße seines genialen Chefs zu küssen, während Morgenei wimmernd zusammengesunken war und untertänigst um eine Bestrafung bat. Und Wunzenbrenner strafte – und zwar überaus hart. Er strich den beiden die Kaffeezulage sowie das 23. und 58. Monatsgehalt und vergatterte sie dazu, ihre Tätigkeiten weiterhin auszuführen. Dank dieser Strafe arbeiteten Mausrenner und Morgenei deutlich sorgfältiger und intensiver. Schon nach zwei Wochen wurden die 20-Uhr-Nachrichten mit folgernder Neuigkeit eröffnet: „Die Sonne erklärt sich solidarisch mit Lichterketten, die zu Ostern in Castrop-Rauxel in Zahnfüllungen installiert werden und kein Suaheli sprechen. Gleichzeitig betonte der Himmelskörper, dass randlose Toiletten, die in östlichen Teilen von Einbahnstraßen stehen, auch weiterhin von ihm beleuchtet werden, aber nur in Sachsen. Das teilte ein Sprecher der Sonne auf Bayerisch mit." Für diese sensationelle und selbst recherchierte Nachricht bekamen Mausrenner und Morgenei die Goldene Kamera, den Recherchepreis des Deutschen Journalistenverbandes, den Friedensnobelpreis und den vergoldeten Toilettenstein des Verbandes der Produzenten von randlosen Toiletten, Kreisverband südliches Westfalen.

Ich werde Täter-Beauftragter

In Deutschland ist nach dem islamistischen Anschlag im Jahr 2016 auf dem Berliner Breitscheidplatz ein neues Berufsbild entstanden: Opferbeauftragter. Auf Bundesebene nimmt dieses Amt der frühere rheinland-pfälzische Ministerpräsident Kurt Beck wahr. In der Öffentlichkeit ist er jedoch wenig zu sehen, weil er befürchtet, mit einem Problembären verwechselt zu werden. Ich hingegen finde es diskriminierend, dass es nicht auch einen Täterbeauftragten gibt. Da ich mich beruflich umorientieren wollte, habe ich mich in Bremen als Beauftragter für aktive und zukünftige Täter sowie deren Opfer beworben – und die verantwortungsvolle und einfühlsame rot-rot-grüne Regierung hat mir das Amt sofort zugesprochen.

Donnerwetter, Sie haben sich aber schön eingerichtet", rief der sogenannte Bremer Bürgermeister aus, als er mir das erste Mal einen Besuch in meinem neuen Büro abstattete. Und ja, ich hatte mir tatsächlich ein paar schöne Bilder von Terroristen und anderen Straftätern sowie ihren Opfern an die Wand gehängt, darunter auch ein Foto vom Berliner Attentäter Anis Amri, wie er gerade einen Lkw poliert, und einem anderen Islamisten, der gerade einem Ungläubigen den Kopf abschnitt. Doch bevor ich mit dem Bürgermeister in eine tiefergehende Interpretation der Werke einsteigen konnte, waren bereits mein Rat und meine Kompetenz gefragt – es klopfte an der Tür, und Einlass begehrte ein gewisser Yusuf, der ein durchaus interessantes Vorhaben mit mir erörtern wollte.

„Will Anschlag machen in Fußballstadion, mit Lkw. Aber Eingänge zu eng, mit Lkw man kommt nicht rein", brachte Yusuf sein Anliegen zur Sprache. Ich verstand ihn nur zu gut, auch bei mir führt das lästige Schlangestehen an den Eingängen von Fußballstadien zu Unmut. Trotzdem musste ich Kritik an seinem Plan äußern. „Lastkraftwagen haben ja einen Dieselmotor und bekommen deshalb keine grüne Feinstaubplakette. Diese Art des Anschlags wäre sehr umweltbelastend", erlaubte ich mir anzumerken. „Wie wäre es denn, wenn Sie es mit einem Elektro-Auto versuchen würden?"

Yusuf ließ diese Idee in seinem Kopf ventilieren, doch er hatte schnell die Schwachstelle meines Vorschlags erkannt. „Eingänge trotzdem zu eng. Kommt kein Auto durch." Ob ich denn nicht dafür sorgen könne, dass die Eingänge vielleicht freundlicherweise verbreitert werden. Ein Anruf meinerseits bei der zuständigen Behörde wurde abschlägig beurteilt. Deshalb schlug ich Yusuf ein anderes Anschlagsziel mitsamt einem umweltgerechten Vorgehen vor: „Wie wäre es denn, wenn Sie einfach mit einem Bollerwagen in das Bremer Rathaus rasen? Das Rathaus ist immerhin ein Symbol für die bürgerliche und säkuläre Verfasstheit dieses Landes. Da können Sie gar nichts falsch machen." Yusuf fuhr sich mit den Fingern durch seinen stattlichen Bart und dachte nach. „Reicht Bollerwagen, um alles kaputt zu machen?", fragte er mich. „Zunächst nicht", antwortete ich, „aber Sie können ja Sprengstoff hineinlegen. Wenn Sie das Ganze zu Silvester machen, freuen sich auch die Menschen, die sonst solchen Vorhaben eher abgeneigt gegenüberstehen."

Yusuf verfiel in eine dumpfes Grübeln, die Frage, die im Folgenden in seinem Kopf herangereift war, zeigte, dass ich ihn noch nicht gänzlich überzeugt hatte: „Was ist, wenn ich lege selbst gebastelte Atombombe in Bollerwagen?" Der Erfindungsreichtum meines Klienten rief Bewunderung in mir hervor – gleichwohl konnte ich diese Idee nicht gutheißen. „Atomwaffen in Innenstädten werden bei uns nicht so gerne gesehen", erläuterte ich. „Schließlich hat Deutschland gerade den Ausstieg aus der Atomkraft durchgeführt." Yusuf versprach, über das Vorhaben noch mal ganz neu nachdenken zu wollen und eventuell auch chemische oder biologische Waffen in seine Überlegungen einzubeziehen. „Eine ganz zauberhafte Idee", ließ ich noch wissen, bevor er mein Büro verließ.

Ich war ein wenig enttäuscht, dass bisher noch kein aktiver Täter den Weg zu mir gefunden hatte, sondern nur so ein Azubi wie Yusuf – doch meine Enttäuschung verflüchtigte sich mit Lichtgeschwindigkeit als Mohammed mein Büro betrat. Er hatte das Bundeskanzleramt, den Sitz des Bundespräsidenten sowie ein Dixi-Klo und einen Krötenwandertunnel in die Luft gesprengt. Nun saß er im Gefängnis, für einen Besuch bei mir hatte er selbstredend Ausgang bekommen. „Ich soll in Knast arbeiten, und zwar acht Stunden pro Tag", beschwerte er sich und fügte hinzu: „Und das, wo die Anschlagsvorbereitungen enorm viel Zeit in Anspruch genommen haben. Diese Überstunden habe ich nie bezahlt bekommen." Ich stimmte ihm zu, dass dies eine himmelschreiende Ungerechtigkeit darstellt und gab ihm dem Rat, bei der Gefängnisleitung auf Teilzeithaft zu bestehen – quasi als Ausgleich. Mohammed war äußerst zufrieden mit meinem Ratschlag, aus lauter Dankbarkeit sprengte er noch schnell ein paar Zimmer in die Luft, die neben meiner Wirkungsstätte lagen.

Unterdessen hatte auch Yusuf seinen Denkprozess abgeschlossen und war deshalb abermals bei mir vorstellig geworden. „Isch plane die Mutter aller Anschläge", informierte er mich. Mehr wollte er nicht preisgeben, jedoch riet er mir, am nächsten Tag zum Marktplatz zu kommen, dort könne ich dem Ereignis beiwohnen, vorausgesetzt, ich bliebe in sicherer Entfernung.

Als ich mich gegen Mittag des nächsten Tages dem Marktplatz näherte, wurde ich mit einem Grauen konfrontiert, wie ich es nie zuvor erlebt habe: Dutzende Menschen schlugen aufeinander ein – mit Fäusten, mit Stühlen der anliegenden Restaurants, mit Flaschen, andere kratzten sich gegenseitig die Augen aus oder rissen sich die Ohren ab, wieder andere schlugen ihre Köpfe wieder und wieder mit aller Kraft gegen Gebäudewände, Hirnmasse spritzte. Überlagert wurde das Szenario von einem bestialischen, schrillen, das Herz fast zum Stillstand bringenden Geräusch, welches wie eine menschliche

Stimme anmutete. Und auf dieses heillose Chaos fielen Vögel, die sich nicht mehr in der Luft halten konnten, weil sie sich mit ihren Flügeln die Ohren zuhielten. Der pure Wahnsinn hatte sich allen Lebens bemächtigt. Als die meisten Menschen zuckend oder tot am Boden lagen, wagte ich mich näher, und nun wusste ich, wie Yusuf seinen perfiden Anschlag ausgeführt hatte: Inmitten der Toten und Verletzten stand Katrin Göring-Eckardt von den Grünen und beendete gerade ihre Rede zum Thema „Schönheitswettbewerbe für Hässliche unter besonderer Berücksichtigung der Frauenquote bei Fußgängerampeln, die vor Unisex-Toiletten stehen."

Am nächsten Tag suchten mich zahlreiche Angehörige der Opfer auf, sie baten um Rat und Hilfe – andere suchten einfach nur nach Anteilnahme. Zu meinem großen Bedauern musste ich sie alle abweisen. Denn zunächst musste ich mich um Yusuf kümmern. Er war nämlich schwer traumatisiert, weil dank seines Anschlags nur 248 Menschen gestorben waren – er hatte mit deutlich mehr gerechnet.

Über den Autor

Mit dem vorliegenden Buch hat Markus Tönnishoff nach „Wenn der Affe sich schnäuzt, klingelt die Kasse" und „Ein Herz für intersexuelle Pinguine" seinen dritten Satire-Band vorgelegt. Tönnishoff wurde 1965 in Bremen geboren und ist als Redakteur bei einer norddeutschen Tageszeitung tätig. Als solcher hat er bereits zahlreiche Glossen und humoristische Texte verfasst, auch Satiren für „Welt Online" stammen aus seiner Feder – zudem war er mit den Ergebnissen seiner überaus leistungsfähigen Großhirnrinde in der „Berliner Zeitung" präsent. Tönnishoff hat Politikwissenschaft studiert und wundert sich heute noch darüber, dass trotzdem etwas aus ihm geworden ist. In seiner Freizeit beschäftigt sich der Autor gerne mit Mumpitz jeglicher Art. Nach dem Verfassen des vorliegenden Buches hat Tönnishoff sich wieselflink und auf Schärfste vom selbigen distanziert, genauso wie von den anderen beiden. Es täte ihm sehr leid, meldeten verschiedene Medien unter Berufung auf gut informierte Kreise.

Zeitfracht Medien GmbH
Ferdinand-Jühlke-Straße 7
99095 Erfurt, Deutschland
produktsicherheit@kolibri360.de